SUPER-NARVAL

Y MEDU SHOCK

JUVENTUD

¡PARA TEO!
¡MI SUPERHIJO!

Título original: SUPER NARWHAL AND JELLY JOLT
Tundra Books, una división de Penguin Random House (Canadá)
© del texto y de las ilustraciones: Ben Clanton, 2017

Publicado con el acuerdo de Gallt and Zacker Literary Agency LLC
© de la traducción española:
EDITORIAL JUVENTUD, S. A., 2018
Provença, 101 – 08029 Barcelona
info@editorialjuventud.es
www.editorialjuventud.es
Traducción de Teresa Farran y Mar Zendrera
Maquetación: Mercedes Romero

Primera edición, 2018
Segunda edición, 2019

ISBN: 978-84-261-4525-3

DL B 17129-2018
Núm. de edición de E. J.: 13.761

Fotografías: (Gofre) © Tiger Images/Shutterstock; (fresa) © Valentina
Razumova/ Shutterstock; (pepinillo) © dominitsky/ Shutterstock;
(tuba) Internet Archive Book Images

Printed in Spain
Impreso por Impuls 45, Granollers (Barcelona)

CONTENIDO

¡fiuuuu!

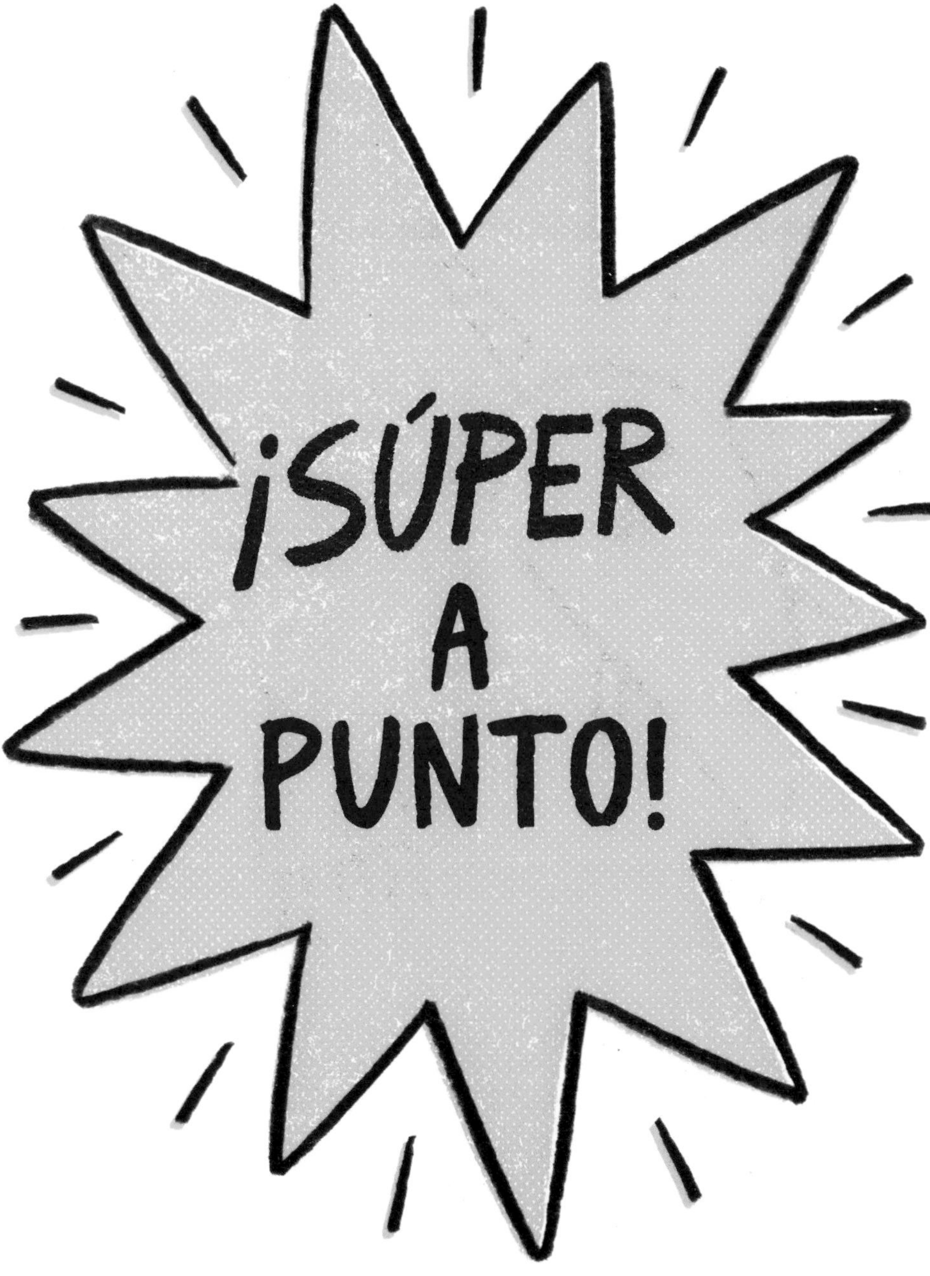
¡SÚPER
A
PUNTO!

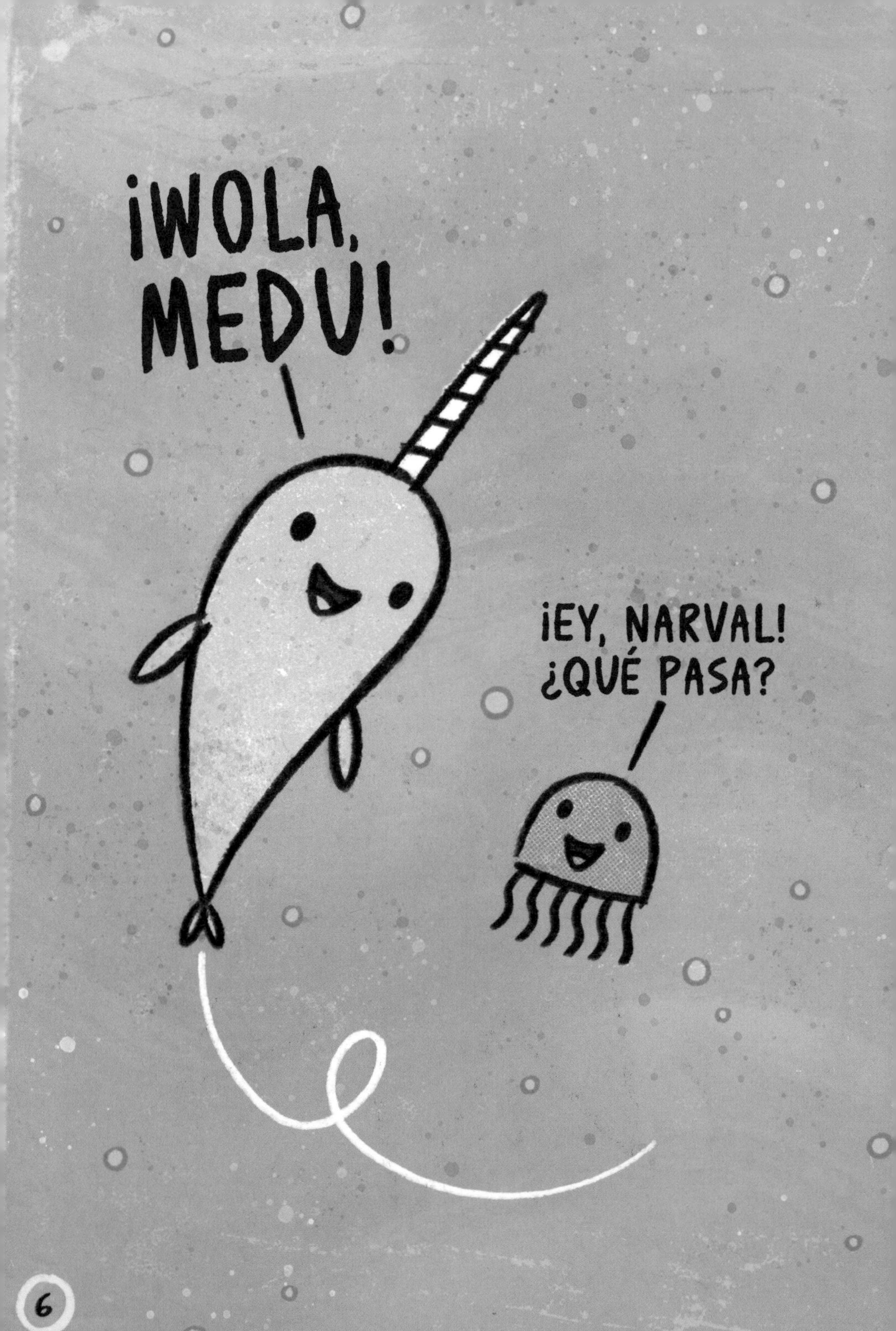
¡WOLA, MEDU!
¡EY, NARVAL! ¿QUÉ PASA?

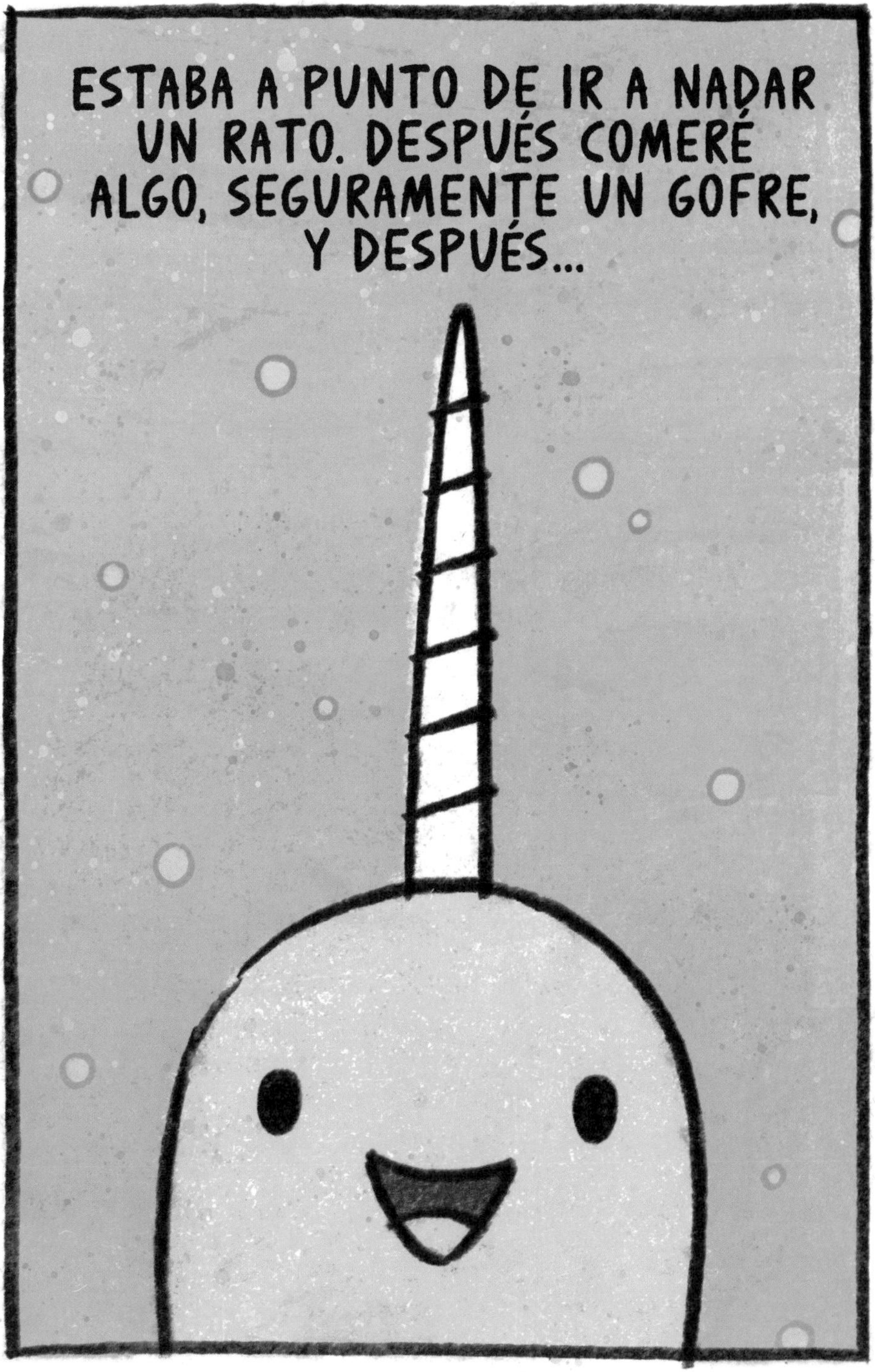
ESTABA A PUNTO DE IR A NADAR UN RATO. DESPUÉS COMERÉ ALGO, SEGURAMENTE UN GOFRE, Y DESPUÉS...

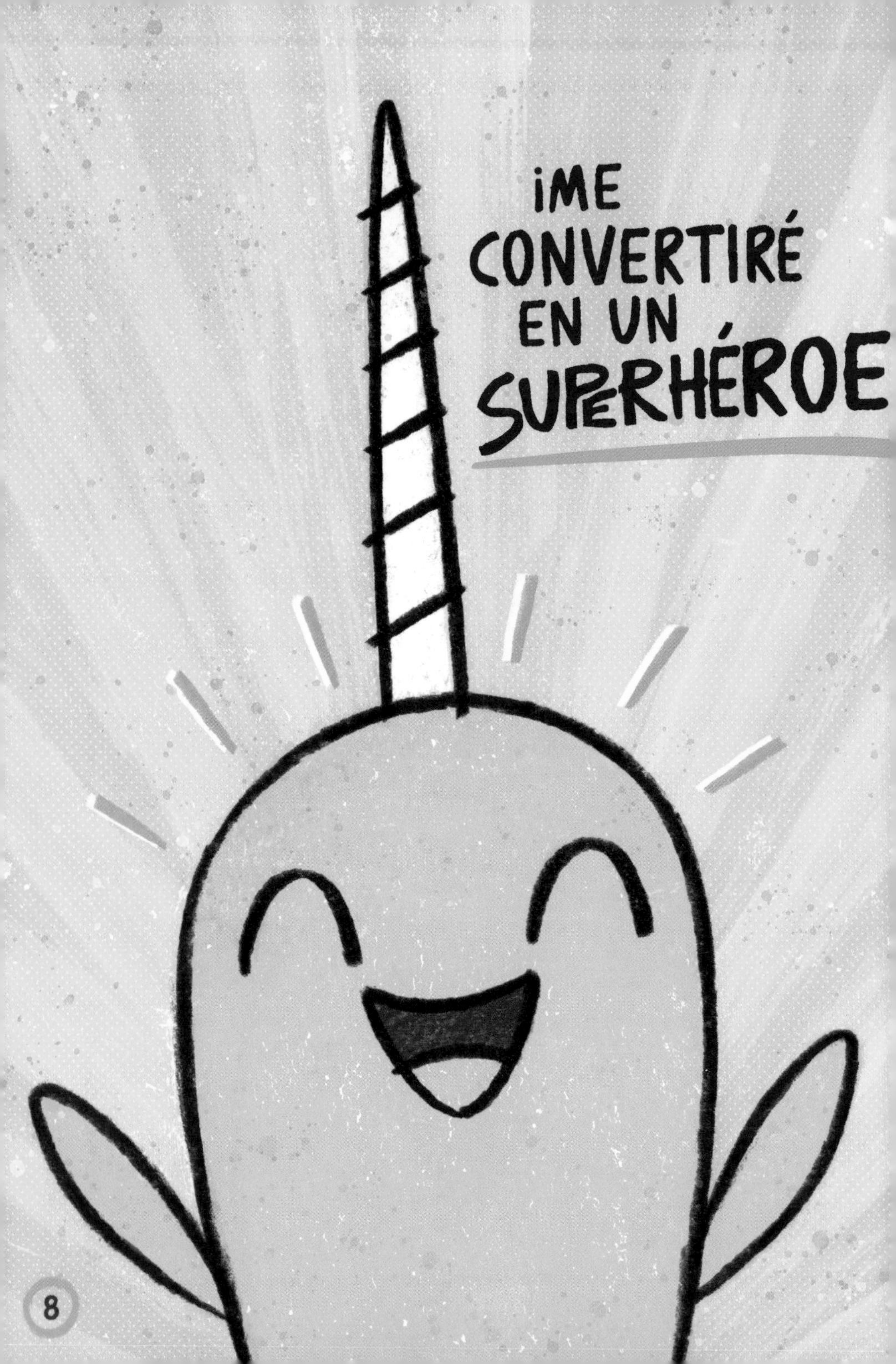
¡ME CONVERTIRÉ EN UN SUPERHÉROE

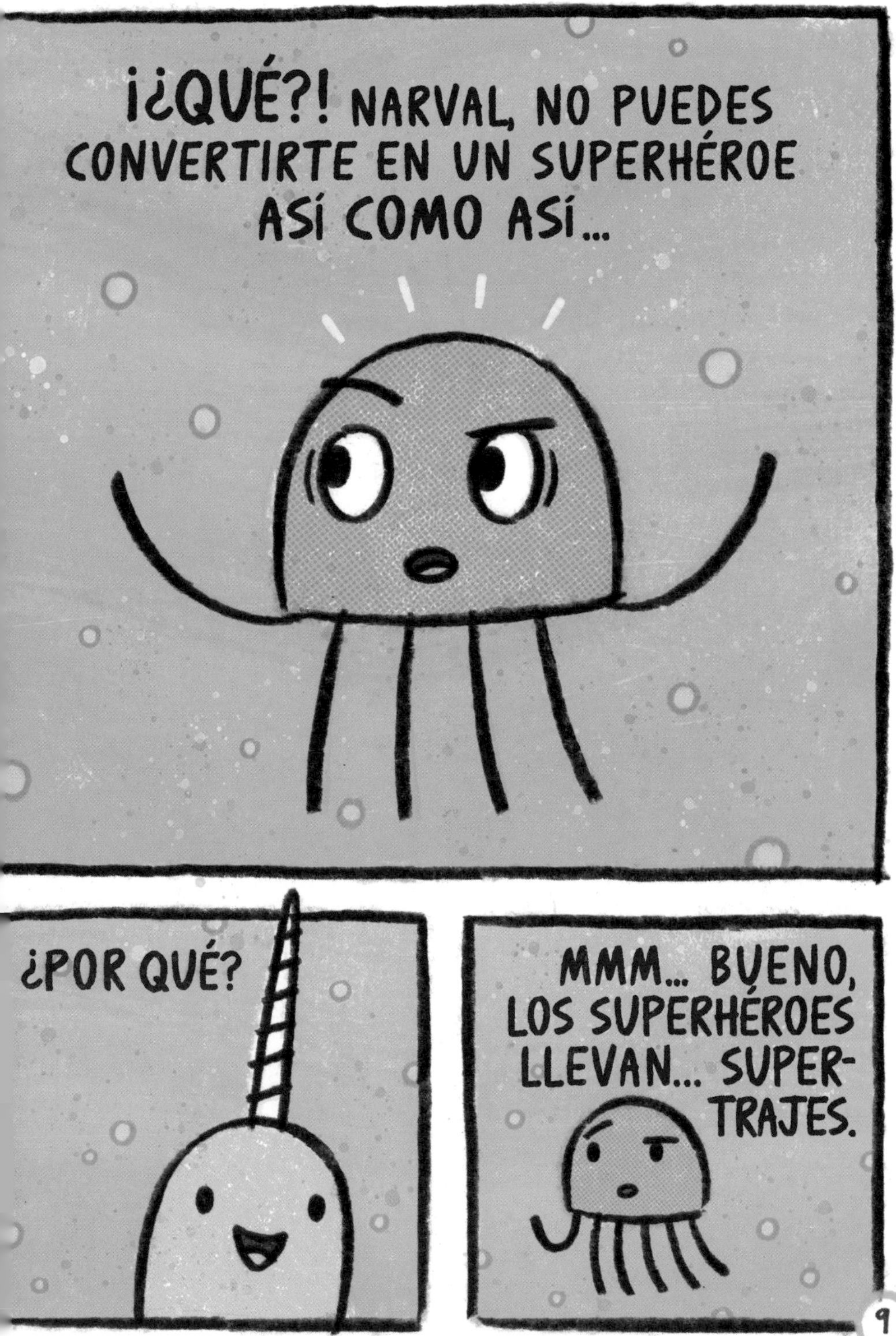
¡¿QUÉ?! NARVAL, NO PUEDES CONVERTIRTE EN UN SUPERHÉROE ASÍ COMO ASÍ...
¿POR QUÉ?
MMM... BUENO, LOS SUPERHÉROES LLEVAN... SUPER-TRAJES.

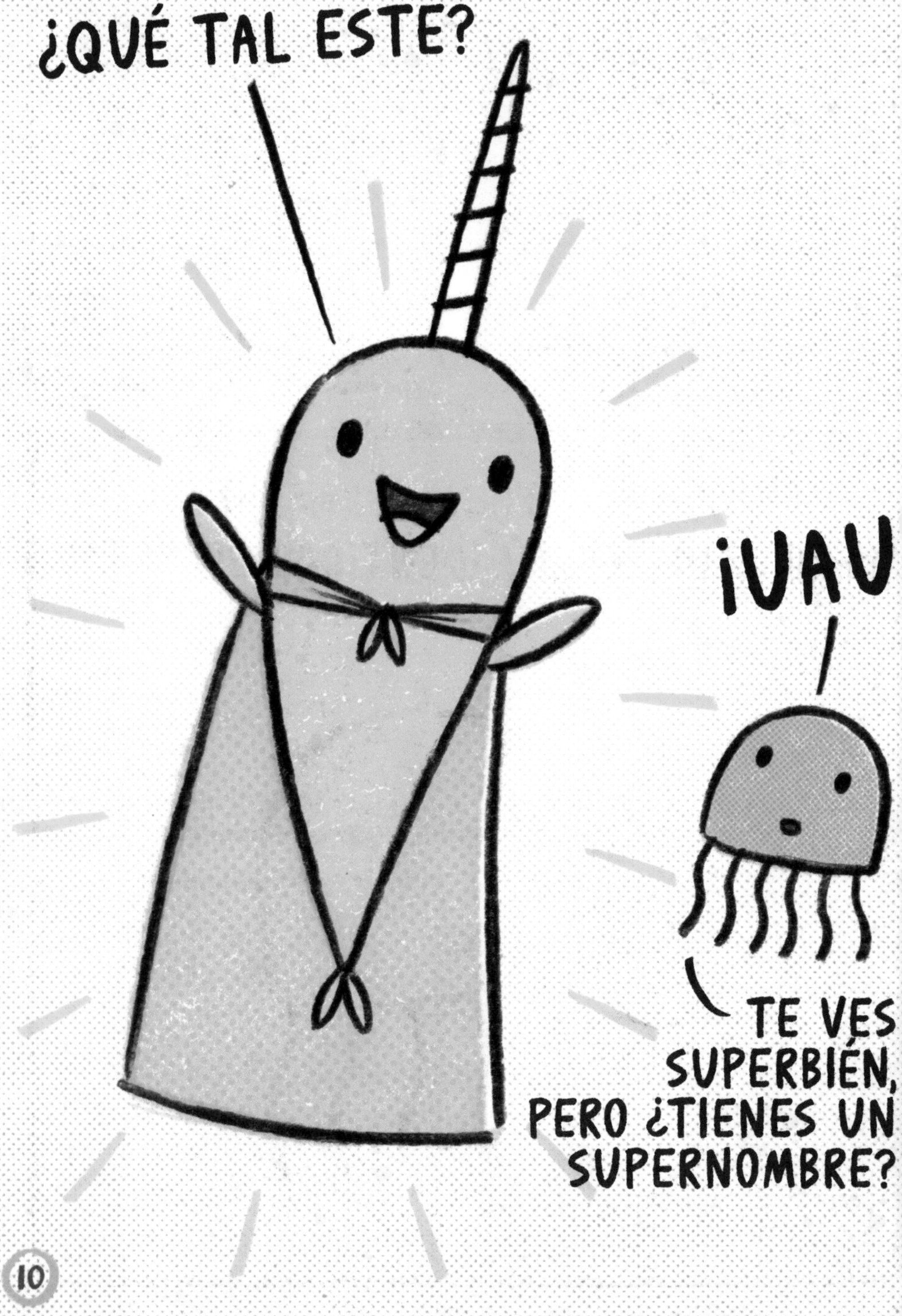
¿QUÉ TAL ESTE?
¡UAU
TE VES SUPERBIÉN, PERO ¿TIENES UN SUPERNOMBRE?

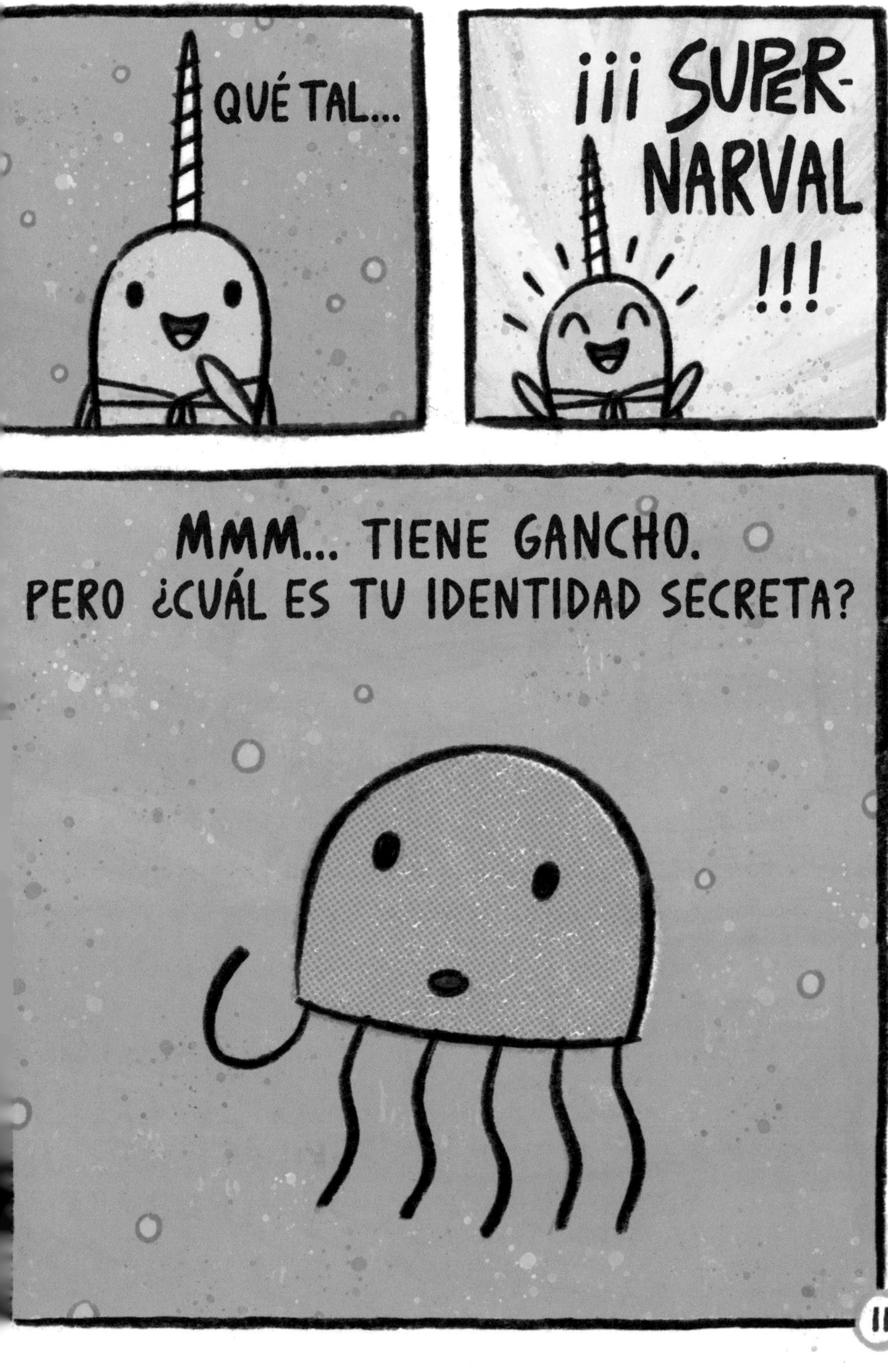
QUÉ TAL...
¡¡¡ SUPER-
NARVAL
!!!
MMM... TIENE GANCHO.
PERO ¿CUÁL ES TU IDENTIDAD SECRETA?

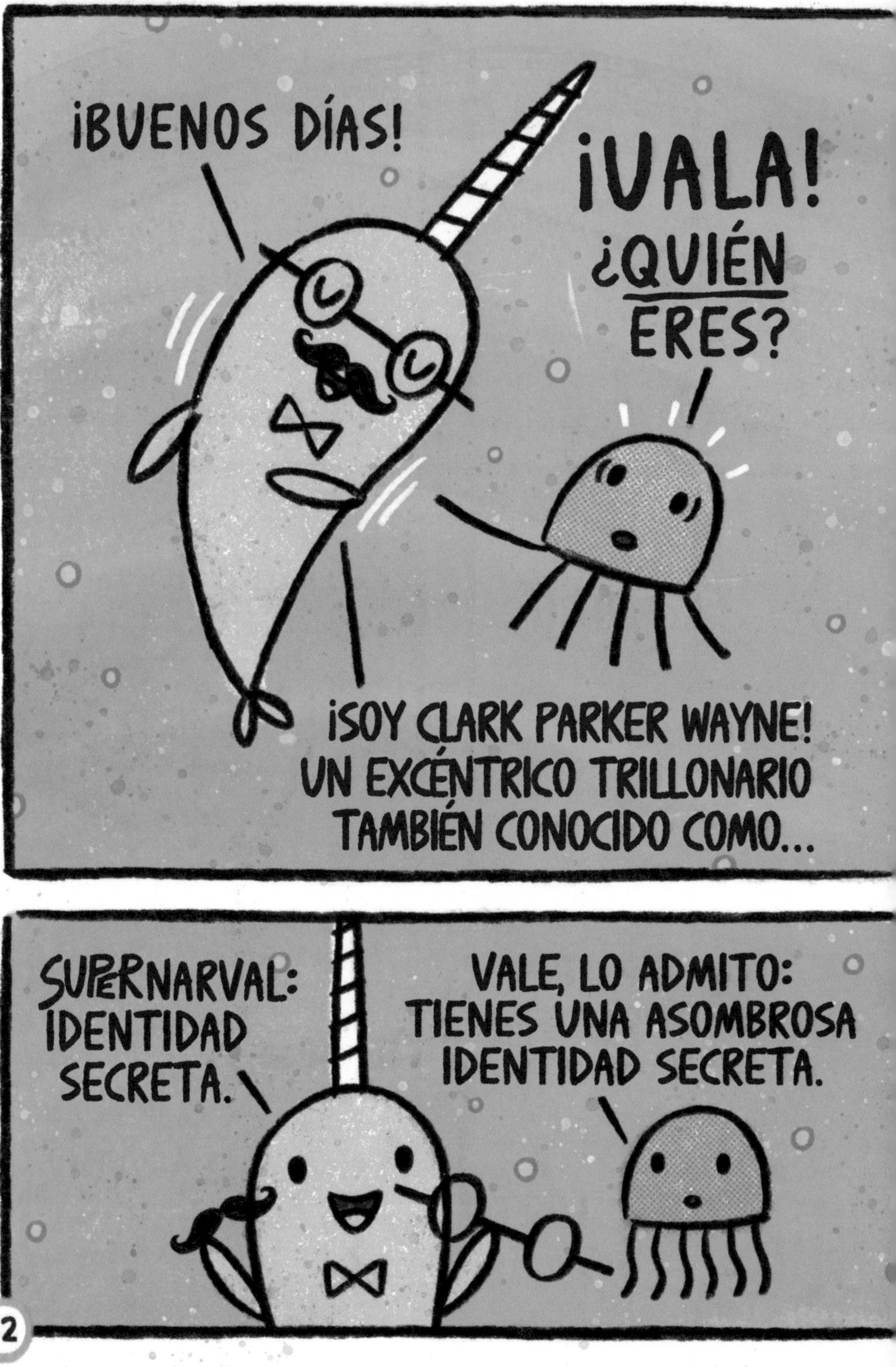
¡BUENOS DÍAS!
¡UALA! ¿QUIÉN ERES?
¡SOY CLARK PARKER WAYNE! UN EXCÉNTRICO TRILLONARIO TAMBIÉN CONOCIDO COMO...
SUPERNARVAL: IDENTIDAD SECRETA.
VALE, LO ADMITO: TIENES UNA ASOMBROSA IDENTIDAD SECRETA.

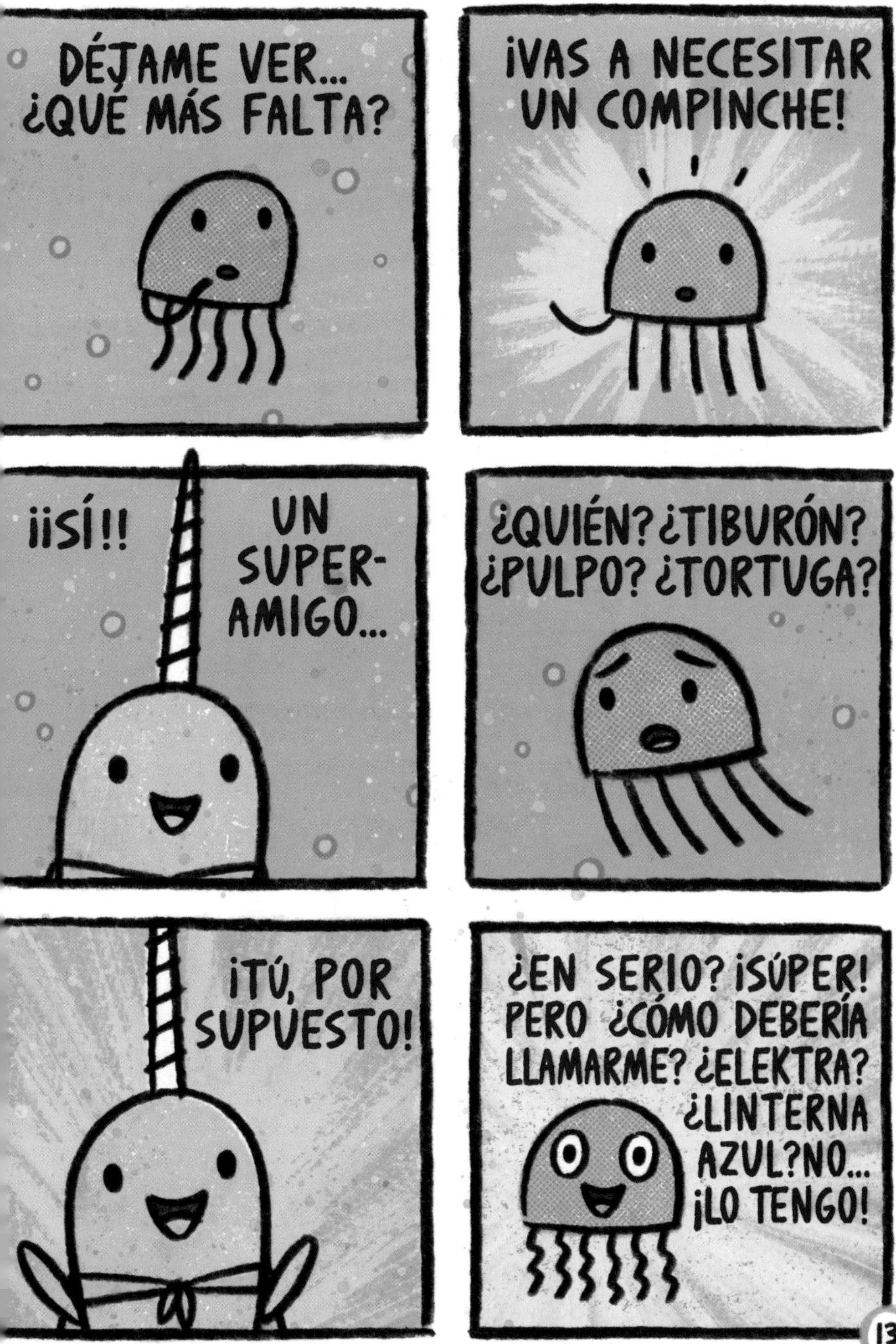
DÉJAME VER... ¿QUÉ MÁS FALTA?
¡VAS A NECESITAR UN COMPINCHE!
¡¡SÍ!!
UN SUPER-AMIGO...
¿QUIÉN? ¿TIBURÓN? ¿PULPO? ¿TORTUGA?
¡TÚ, POR SUPUESTO!
¿EN SERIO? ¡SÚPER! PERO ¿CÓMO DEBERÍA LLAMARME? ¿ELEKTRA? ¿LINTERNA AZUL? NO... ¡LO TENGO!

¡MEDU SHOCK, LA SUPERCOMPINCHE!

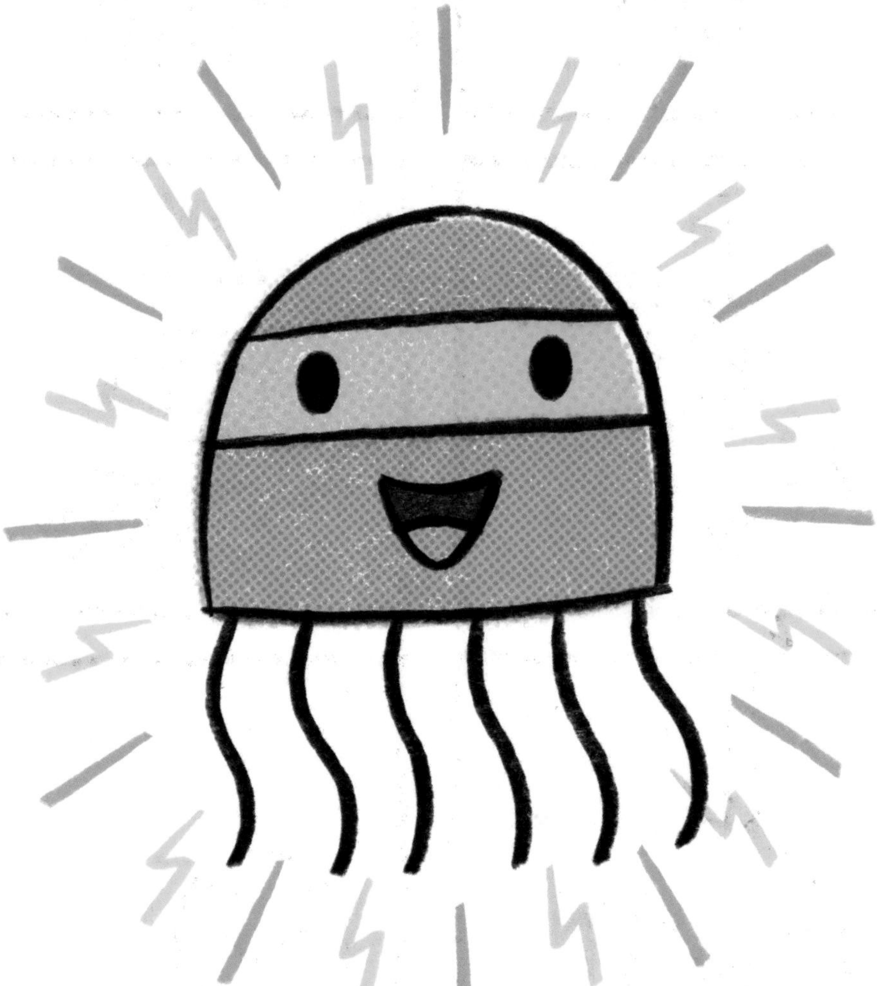

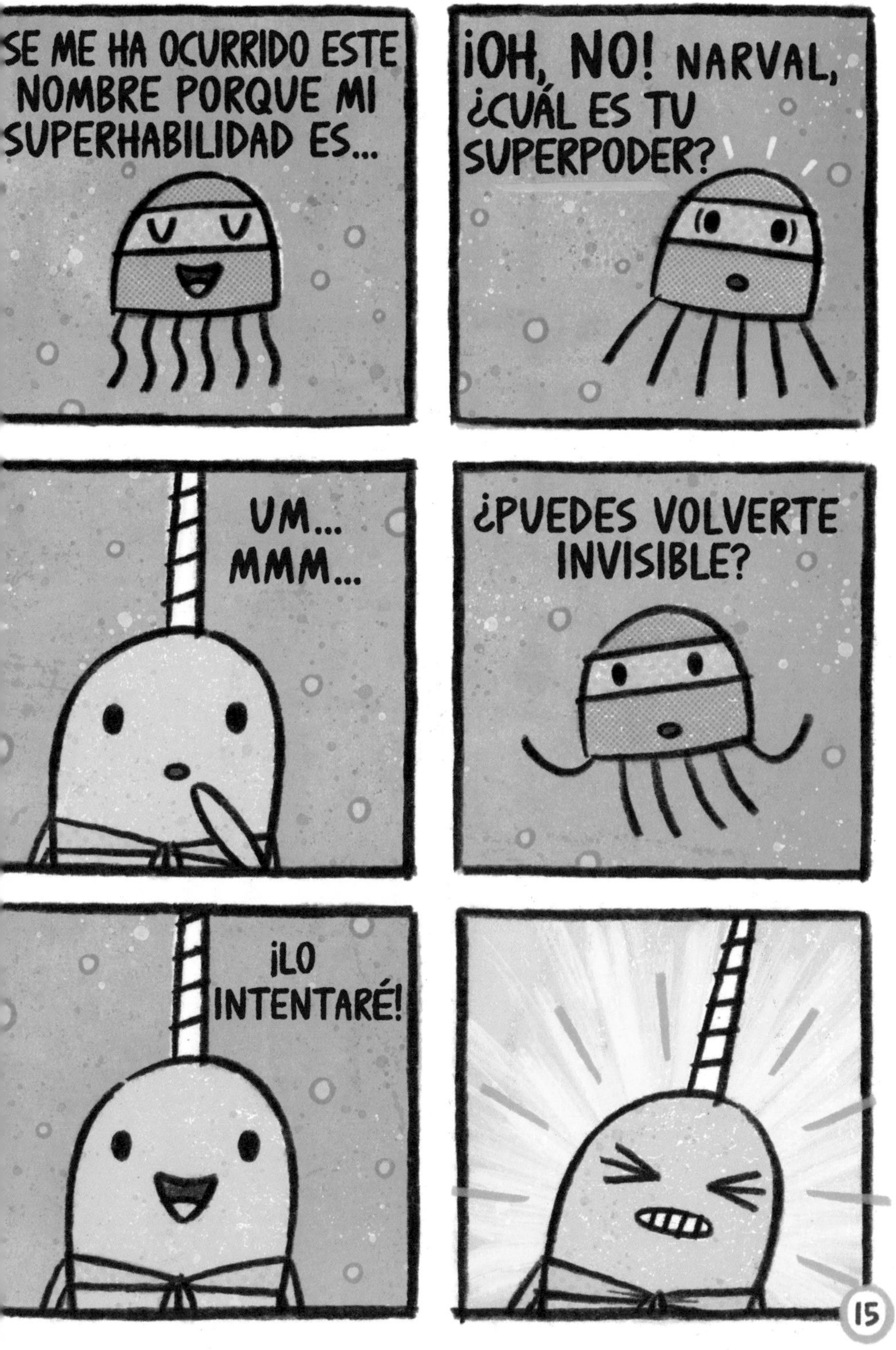
SE ME HA OCURRIDO ESTE NOMBRE PORQUE MI SUPERHABILIDAD ES...
¡OH, NO! NARVAL, ¿CUÁL ES TU SUPERPODER?
UM... MMM...
¿PUEDES VOLVERTE INVISIBLE?
¡LO INTENTARÉ!

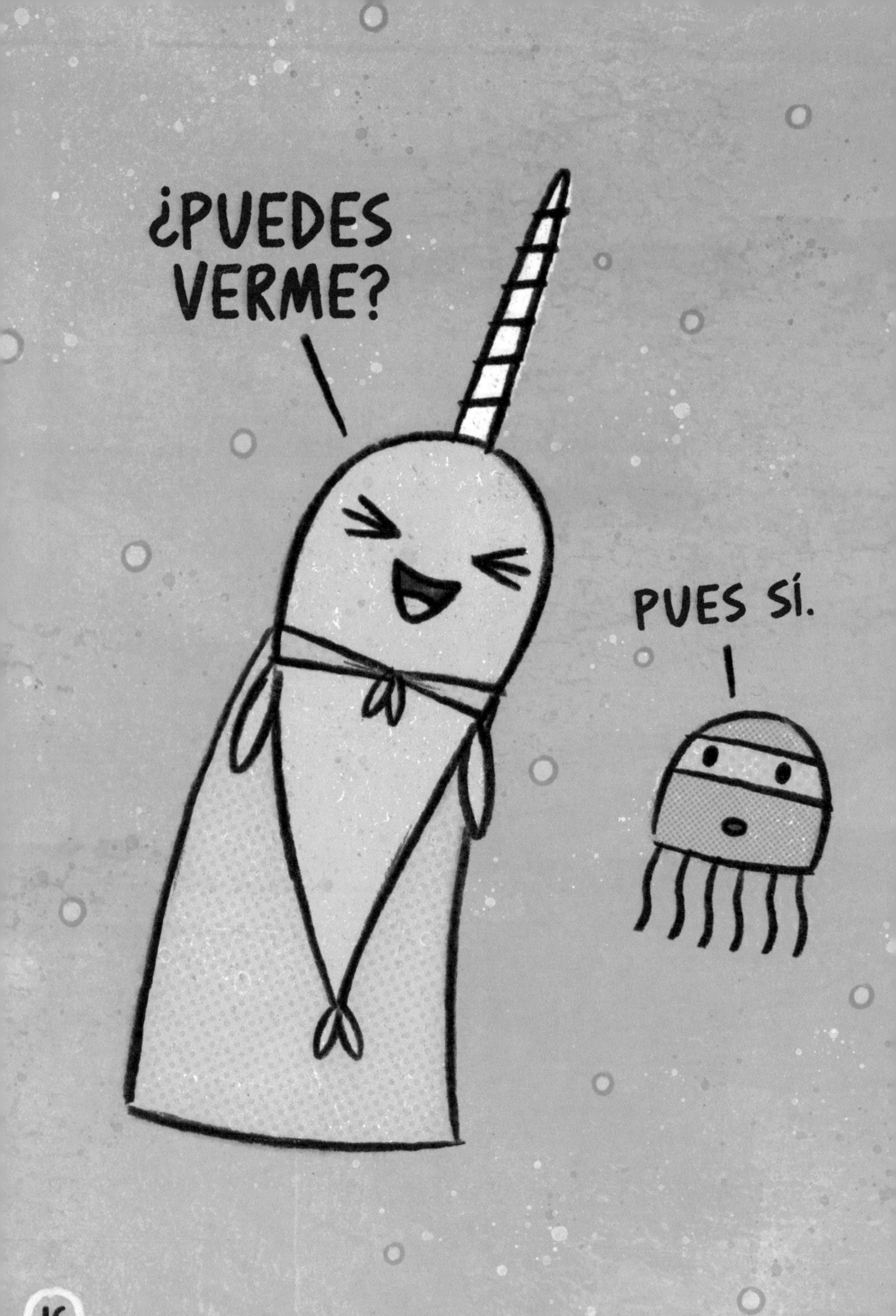
¿PUEDES VERME?
PUES SÍ.

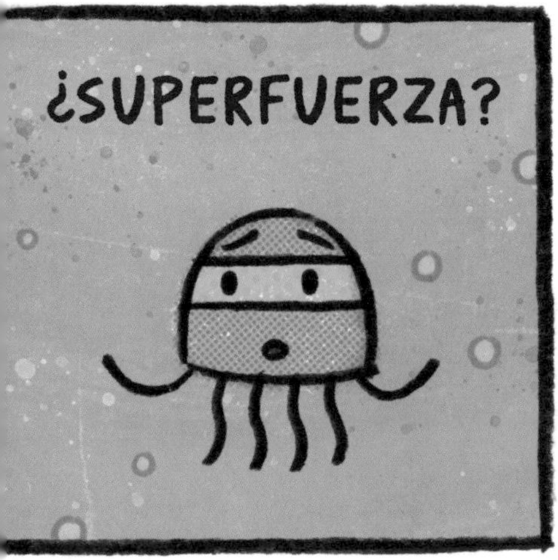
¿SUPERFUERZA?

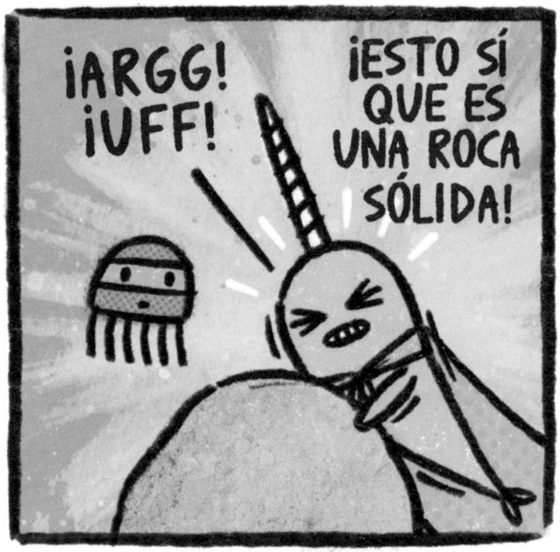
¡ARGG!
¡UFF!
¡ESTO SÍ QUE ES UNA ROCA SÓLIDA!

¿PUEDES VOLAR? ¿ECHAR FUEGO?

¿ALGO...?

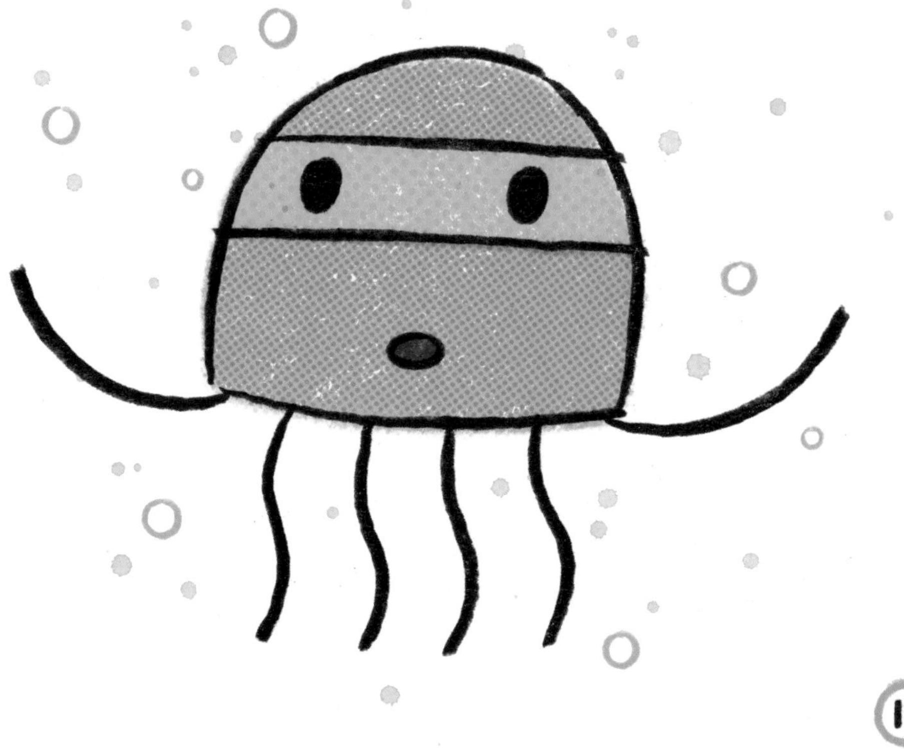

¡PUEDO AGUANTAR LA RESPIRACIÓN DURANTE MUCHO TIEMPO!
ME PARECE QUE ESTO NO CUENTA.

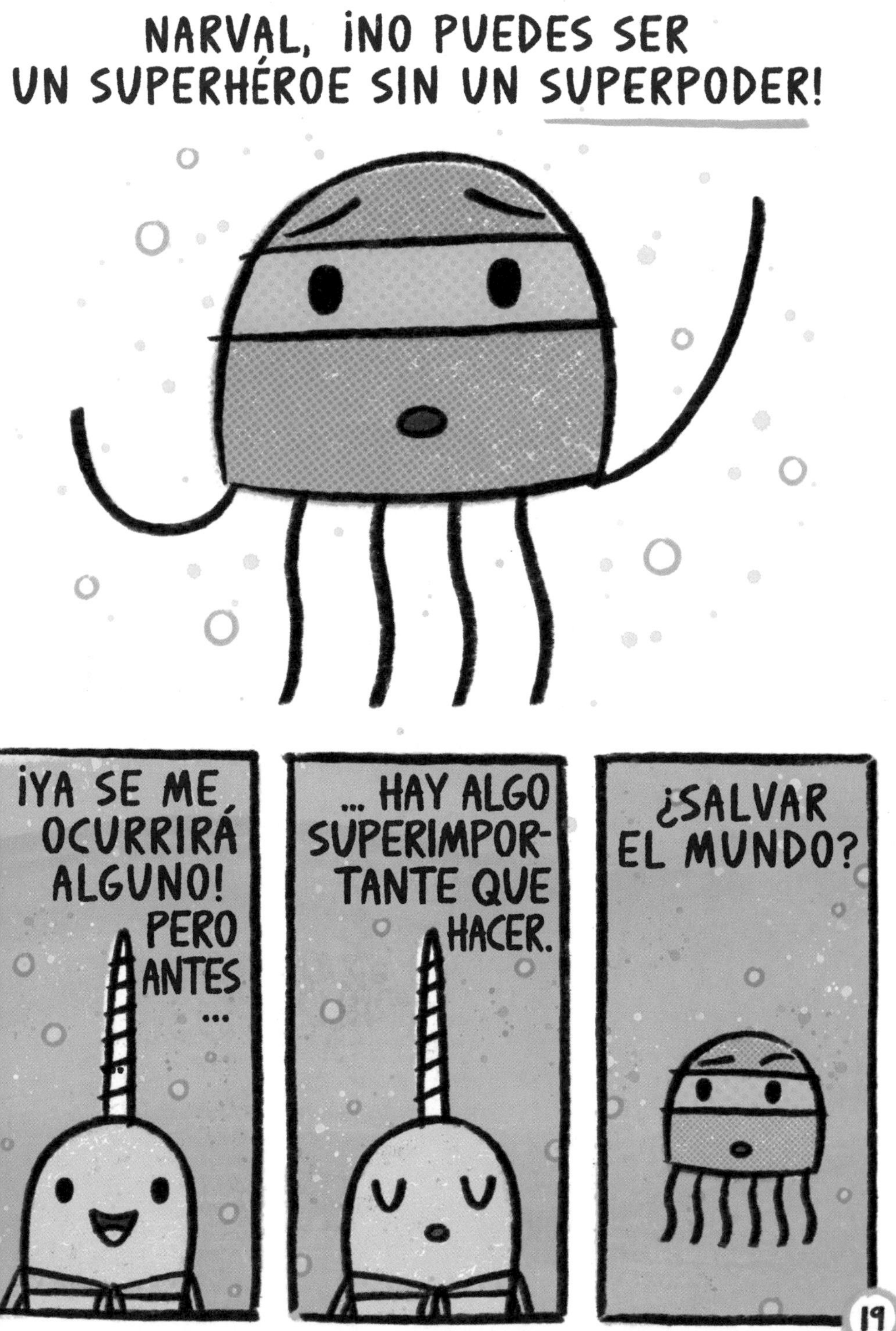
NARVAL, ¡NO PUEDES SER UN SUPERHÉROE SIN UN SUPERPODER!
¡YA SE ME OCURRIRÁ ALGUNO! PERO ANTES ...
... HAY ALGO SUPERIMPORTANTE QUE HACER.
¿SALVAR EL MUNDO?

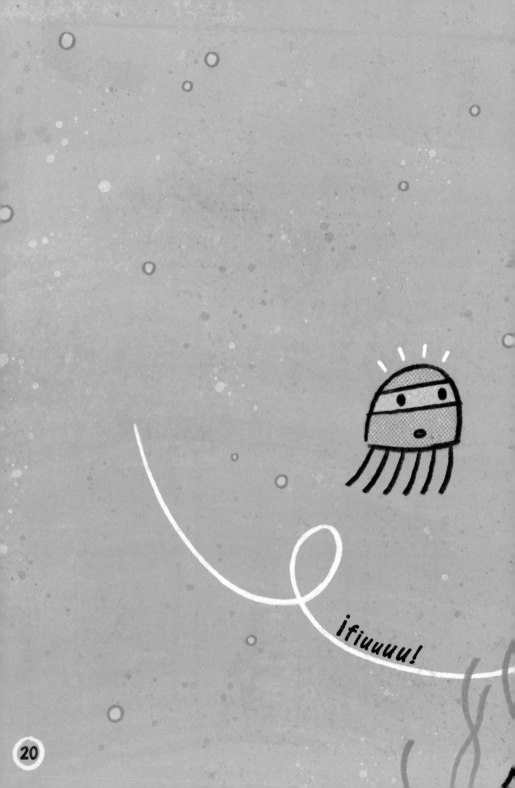

¡fiuuuu!

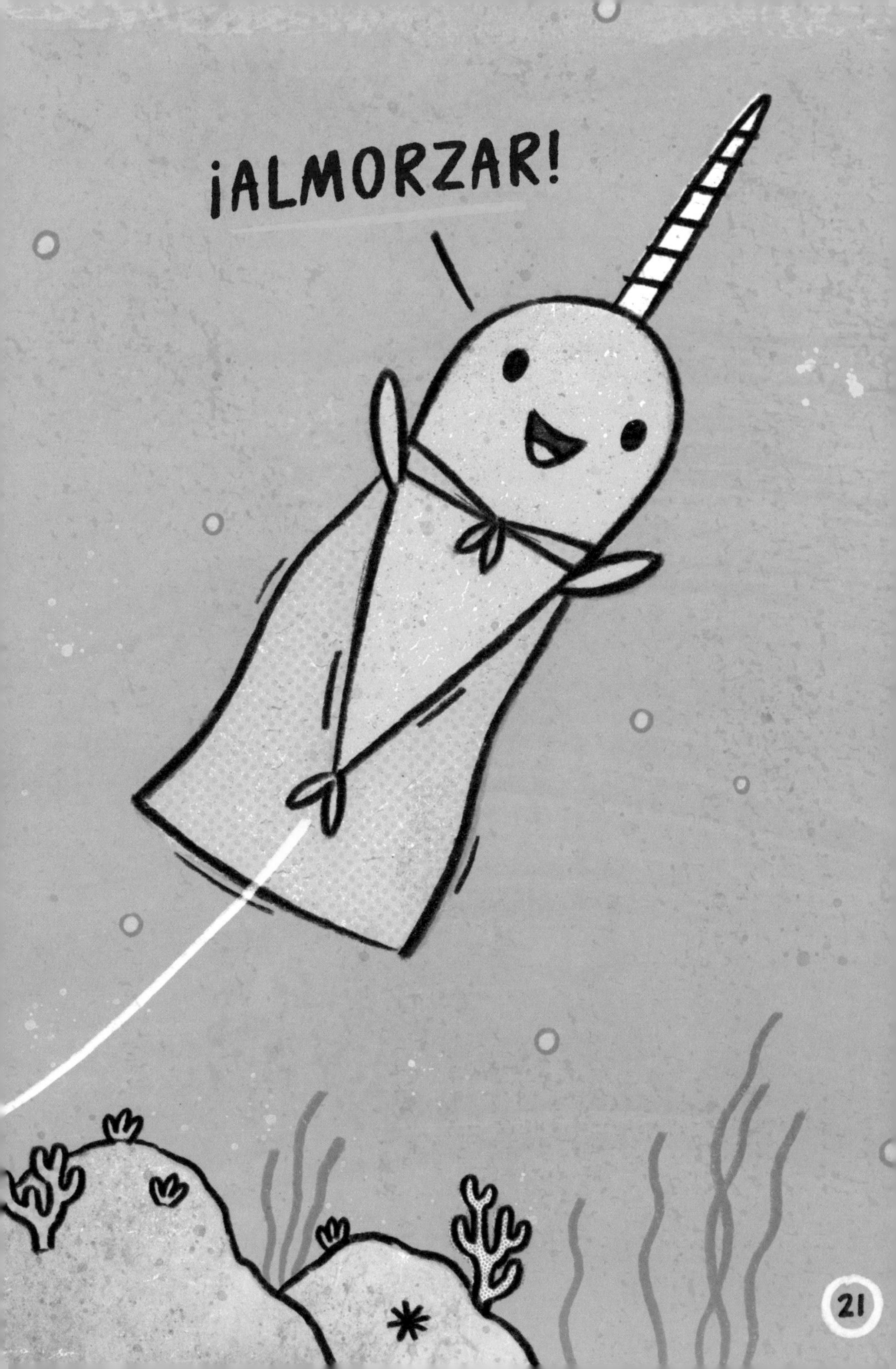
¡ALMORZAR!

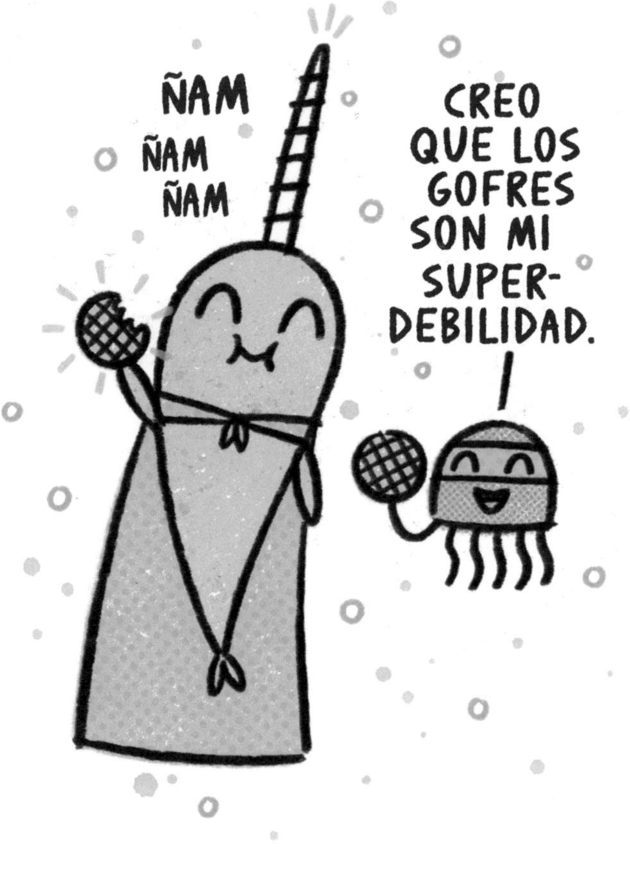
ÑAM
ÑAM
ÑAM
CREO QUE LOS GOFRES SON MI SUPER-DEBILIDAD.

SUPER-
CRIATURAS MARINAS

CRIATURAS MARINAS REALES
CON HABILIDADES REALMENTE SUPERINCREÍBLES

EL PULPO IMITADOR PUEDE CAMBIAR SU COLOR, FORMA Y MOVIMIENTOS PARA PARECERSE A OTROS SERES MARINOS COMO SERPIENTES, PECES LEÓN, MANTARRAYAS Y MEDUSAS.

¡NO ME COPIES!

¡NO ME COPIES!

LOS DELFINES DUERMEN SOLO CON MEDIO CEREBRO Y CON UN OJO ABIERTO PARA ESTAR SIEMPRE EN GUARDIA.

LOS DELFINES TAMBIÉN PUEDEN "VER" DENTRO DE ALGUNOS ANIMALES USANDO ULTRASONIDOS.

¡VEO QUE HAS COMIDO UN GOFRE!

LA BALLENA AZUL ES UNO DE LOS ANIMALES MÁS RUIDOSOS DE LA TIERRA.

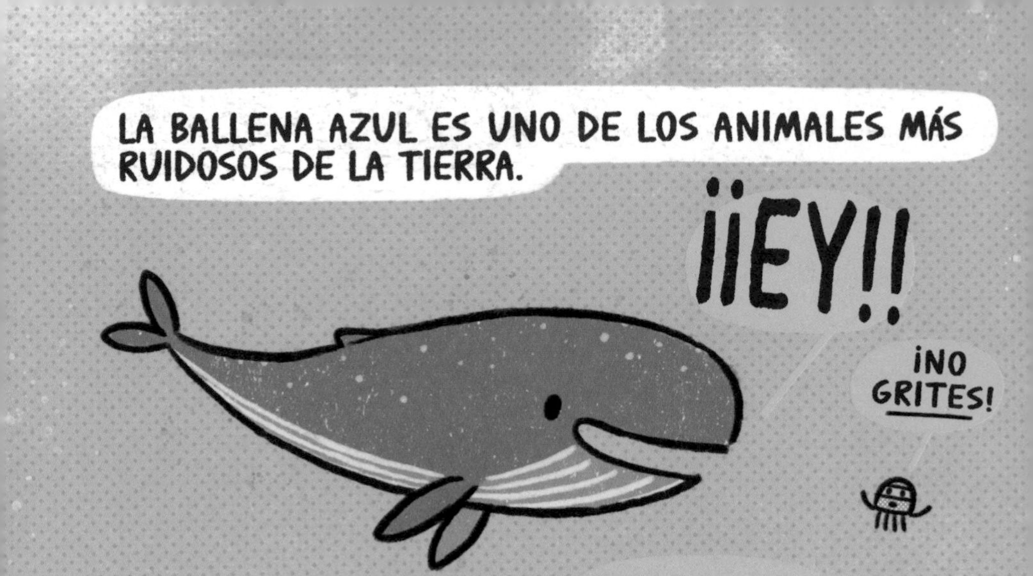
¡¡EY!!
¡NO GRITES!

LOS CANGREJOS REGENERAN SUS PATAS Y PINZAS SI LAS PIERDEN EN UN COMBATE.

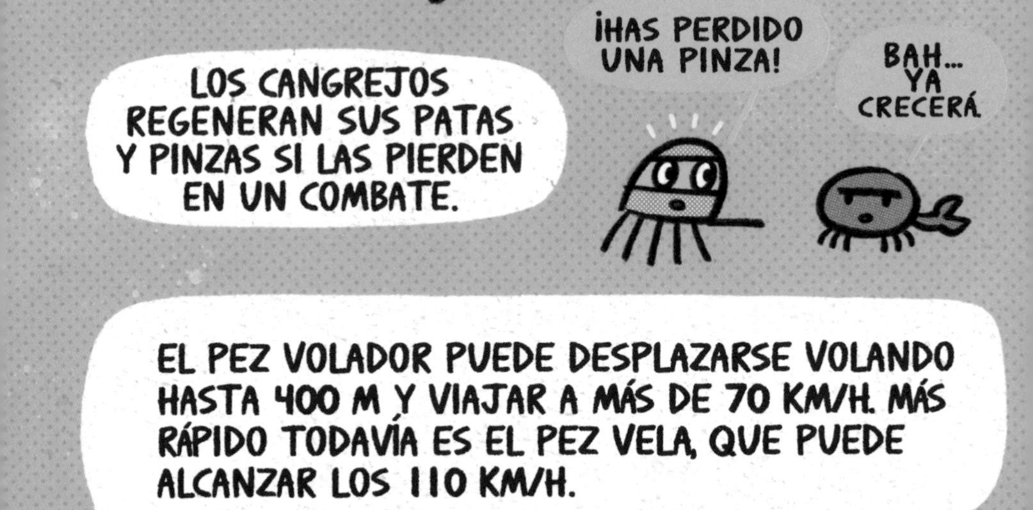
¡HAS PERDIDO UNA PINZA!
BAH... YA CRECERÁ.

EL PEZ VOLADOR PUEDE DESPLAZARSE VOLANDO HASTA 400 M Y VIAJAR A MÁS DE 70 KM/H. MÁS RÁPIDO TODAVÍA ES EL PEZ VELA, QUE PUEDE ALCANZAR LOS 110 KM/H.

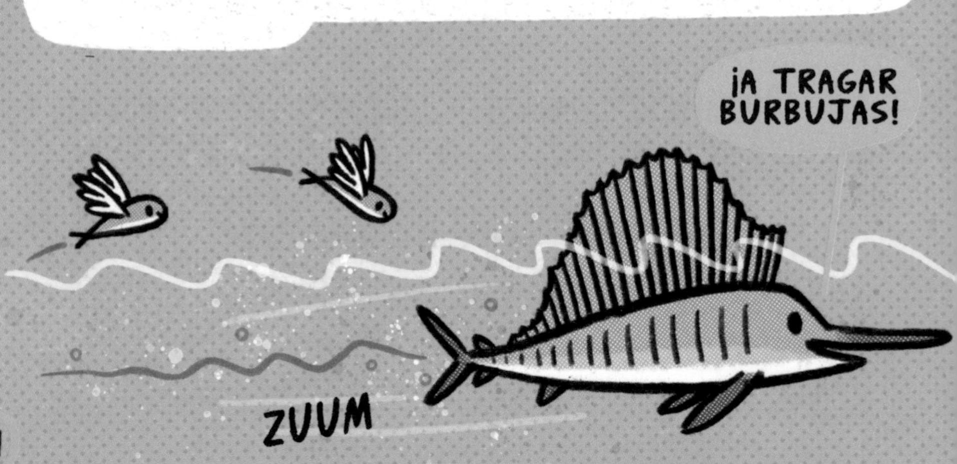
¡A TRAGAR BURBUJAS!
ZUUM

¡NARVAL, ERES

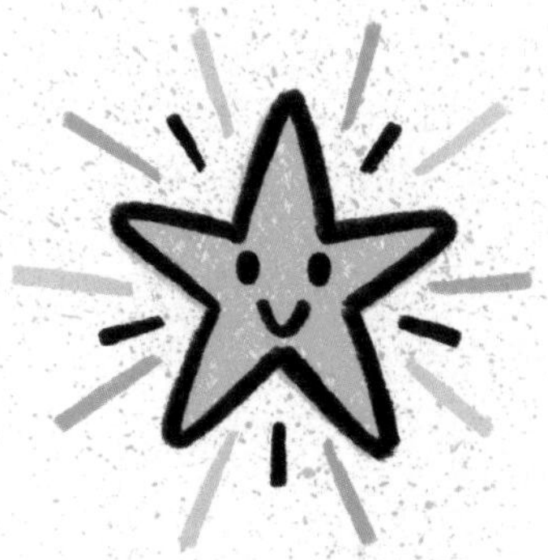

UNA SUPERESTRELLA!

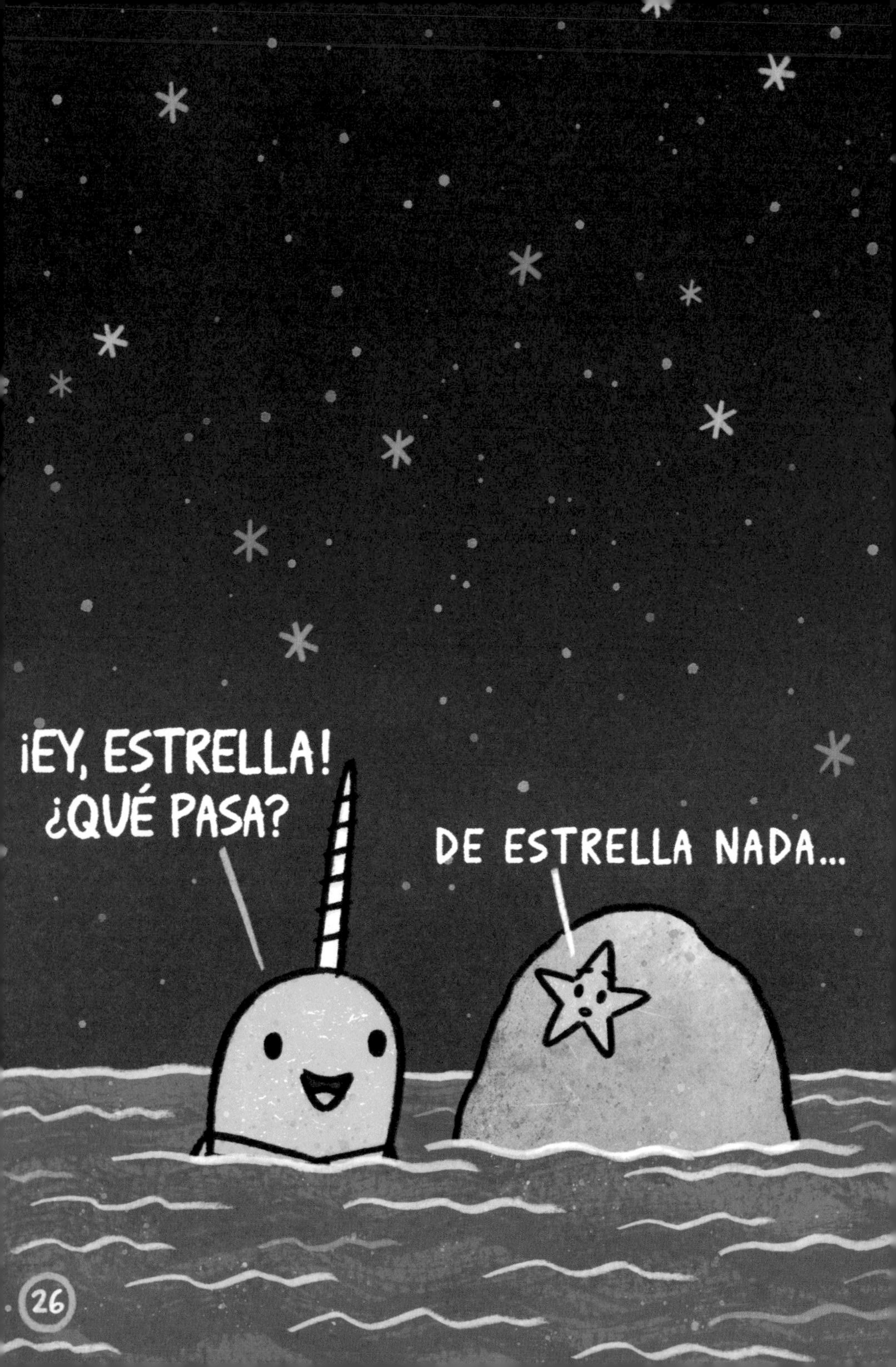
¡EY, ESTRELLA! ¿QUÉ PASA?
DE ESTRELLA NADA...

¡SUENA ESTELAR!

¡ME GUSTARÍA ESTAR ALLÍ EN EL CIELO! ¡SER UNA ESTRELLA DE VERDAD!

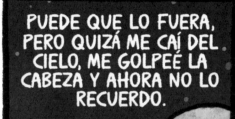

PUEDE QUE LO FUERA, PERO QUIZÁ ME CAÍ DEL CIELO, ME GOLPEÉ LA CABEZA Y AHORA NO LO RECUERDO.

¿QUIERES QUE INTENTE LANZARTE HASTA EL CIELO?

¡VALE!

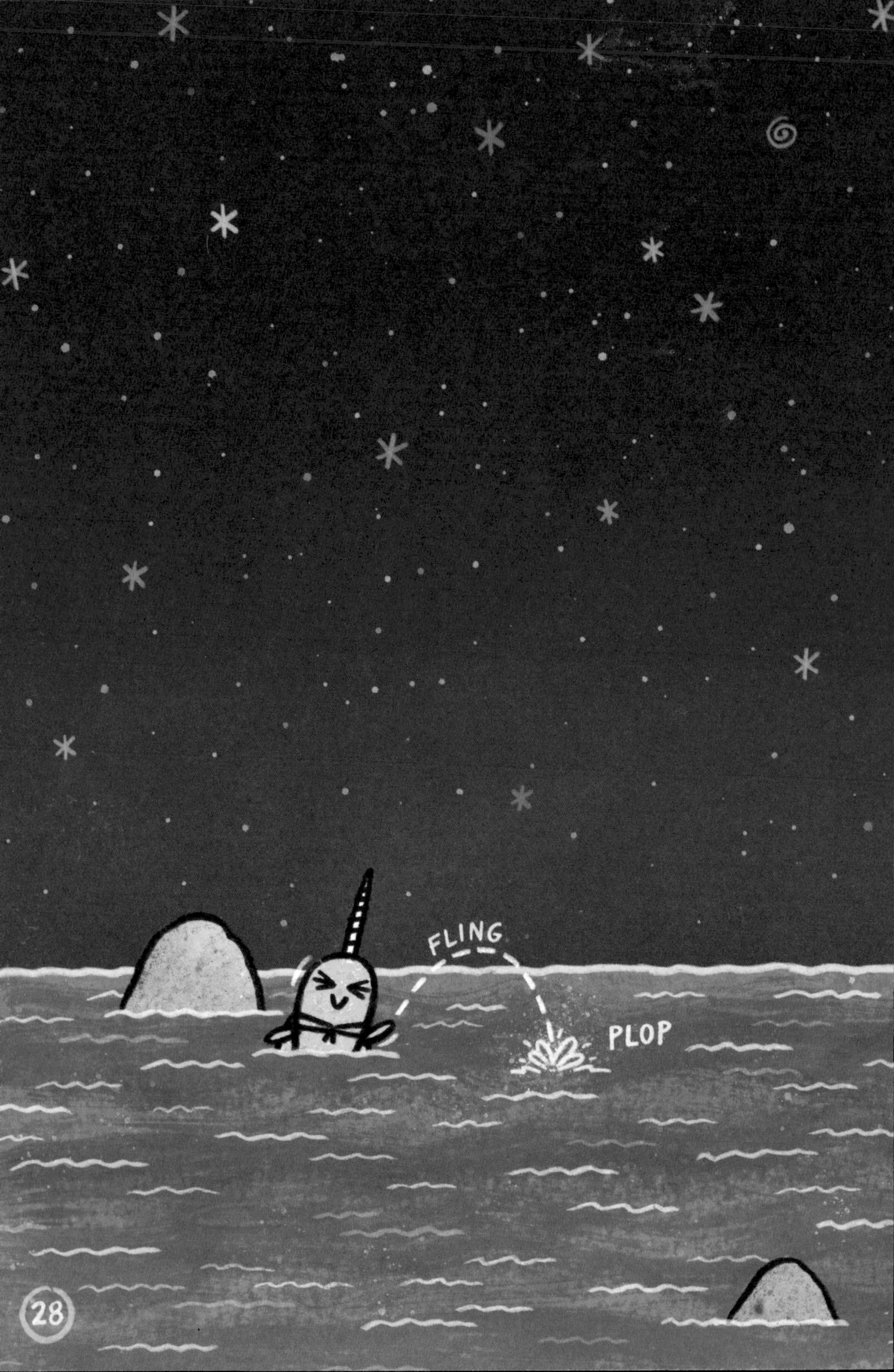
FLING
PLOP

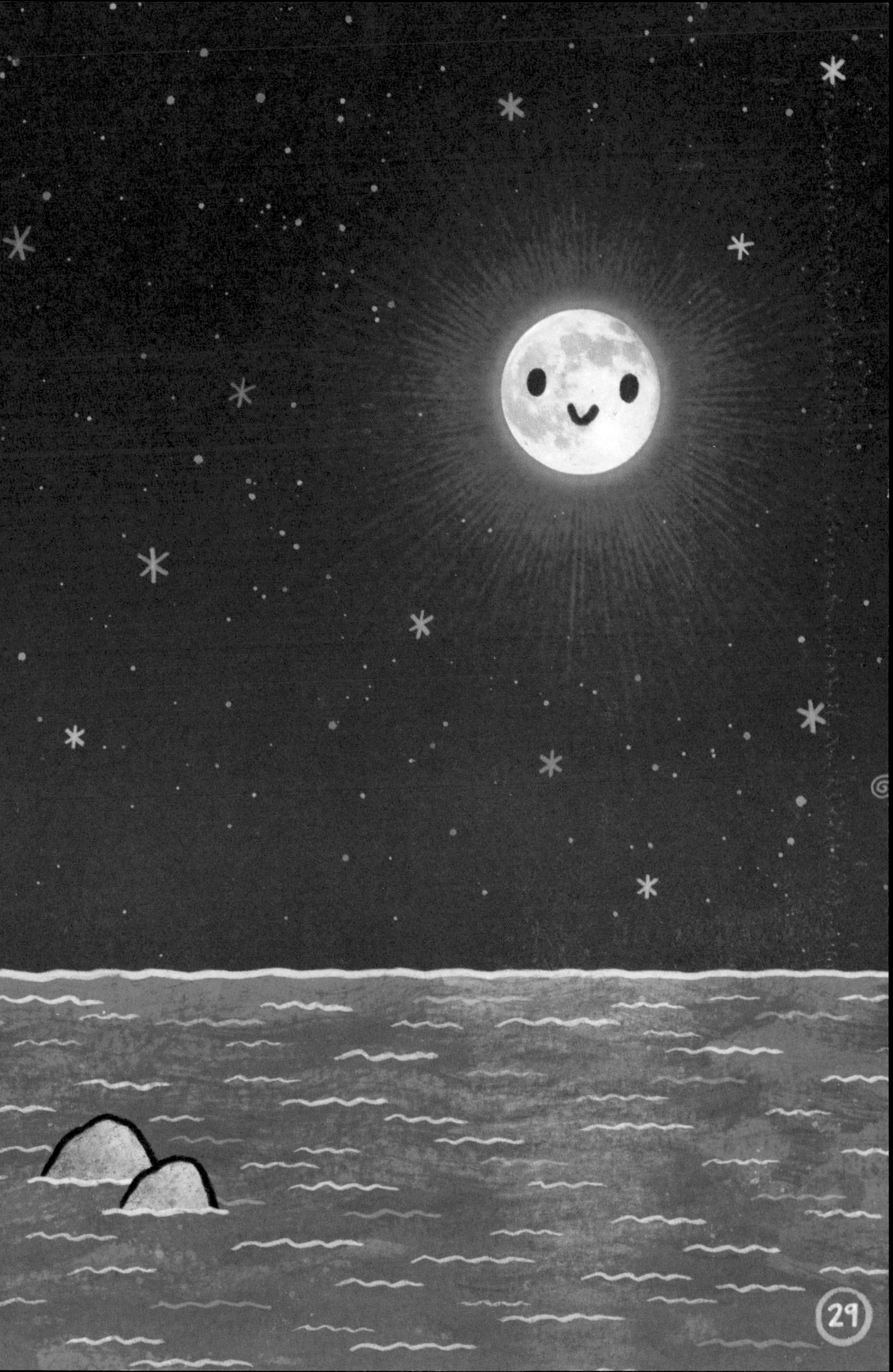

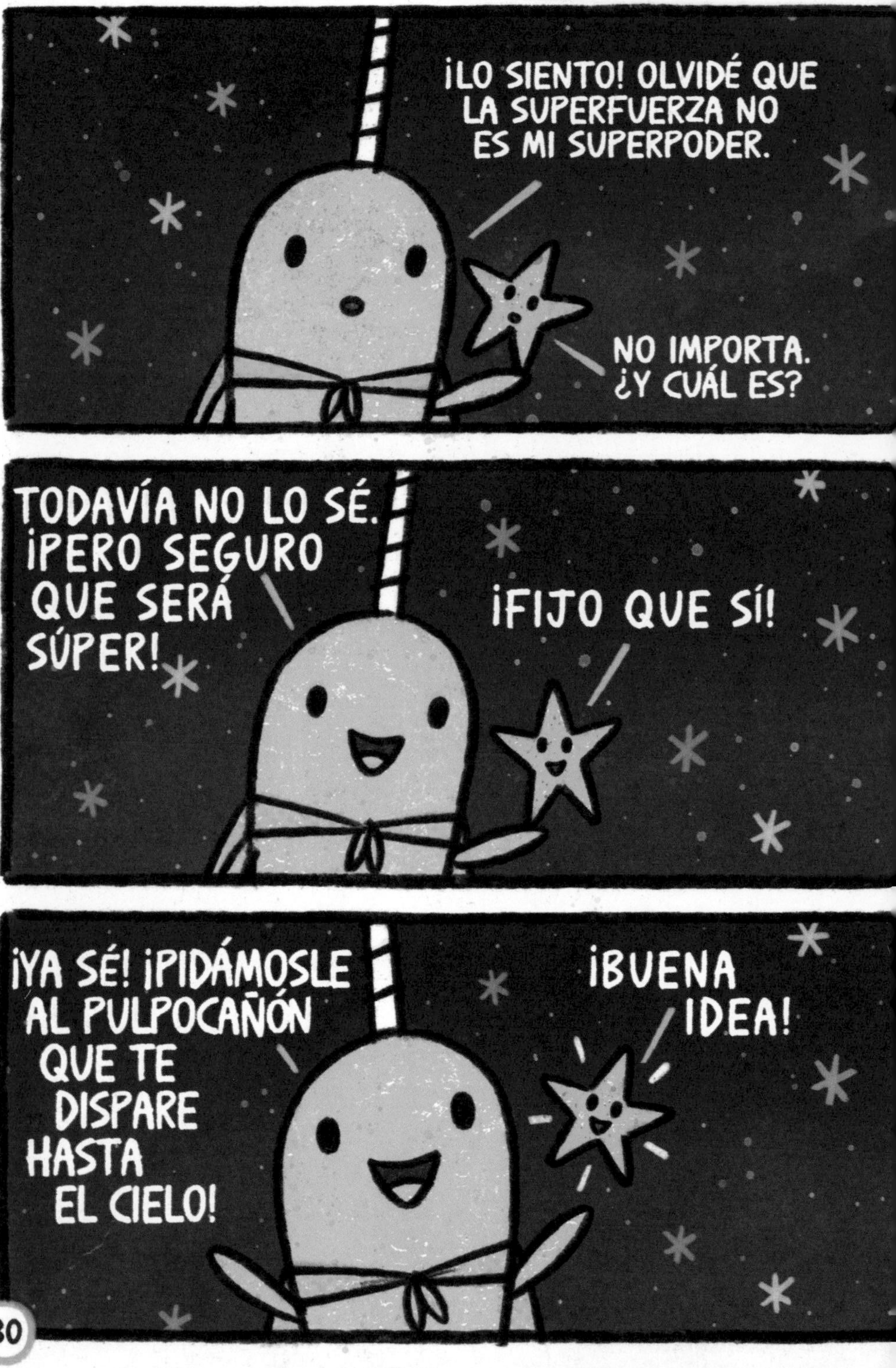
¡LO SIENTO! OLVIDÉ QUE LA SUPERFUERZA NO ES MI SUPERPODER.
NO IMPORTA. ¿Y CUÁL ES?
TODAVÍA NO LO SÉ. ¡PERO SEGURO QUE SERÁ SÚPER!
¡FIJO QUE SÍ!
¡YA SÉ! ¡PIDÁMOSLE AL PULPOCAÑÓN QUE TE DISPARE HASTA EL CIELO!
¡BUENA IDEA!

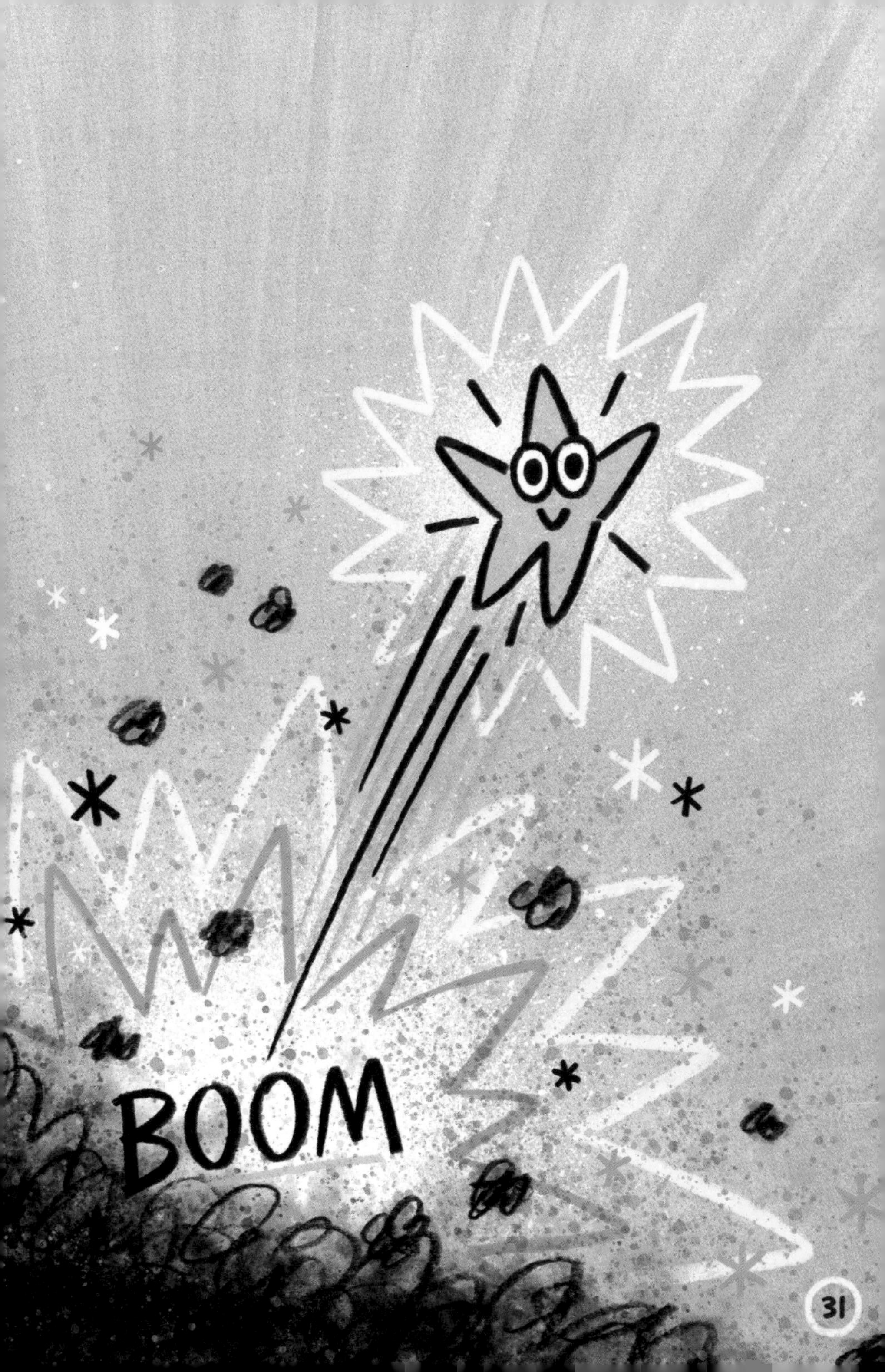
BOOM

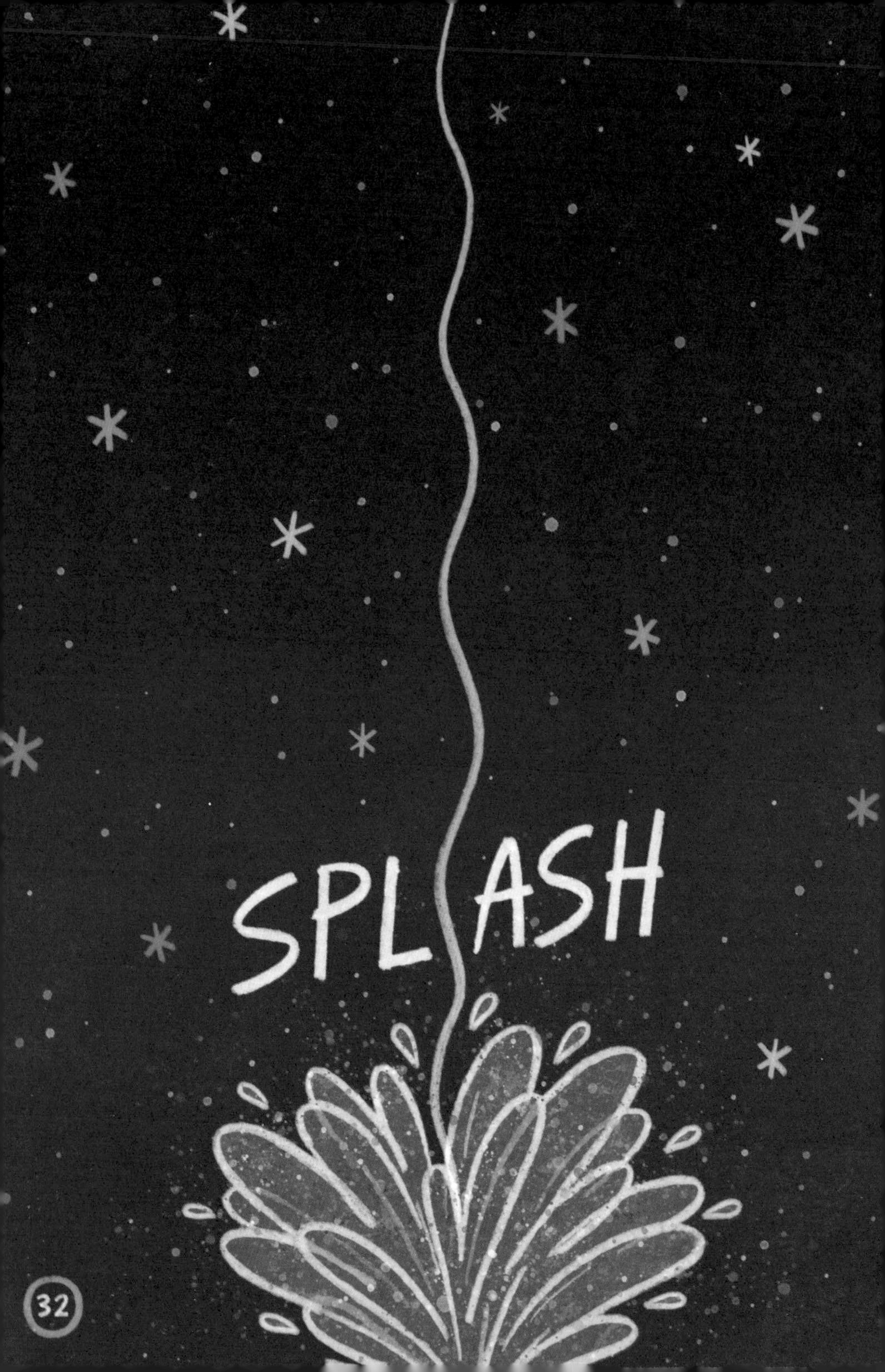
SPLASH

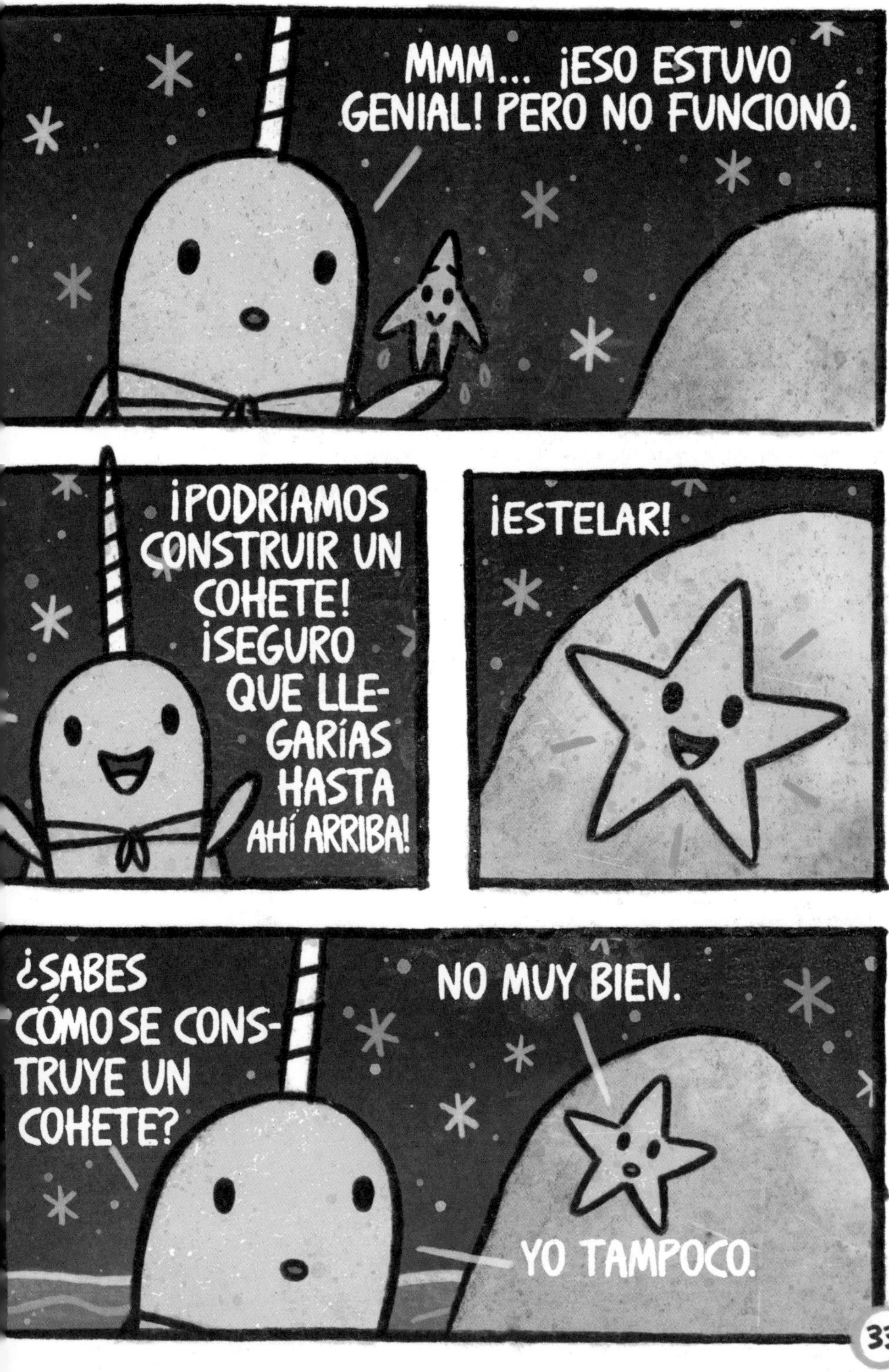
MMM... ¡ESO ESTUVO GENIAL! PERO NO FUNCIONÓ.
¡PODRÍAMOS CONSTRUIR UN COHETE! ¡SEGURO QUE LLEGARÍAS HASTA AHÍ ARRIBA!
¡ESTELAR!
¿SABES CÓMO SE CONSTRUYE UN COHETE?
NO MUY BIEN.
YO TAMPOCO.

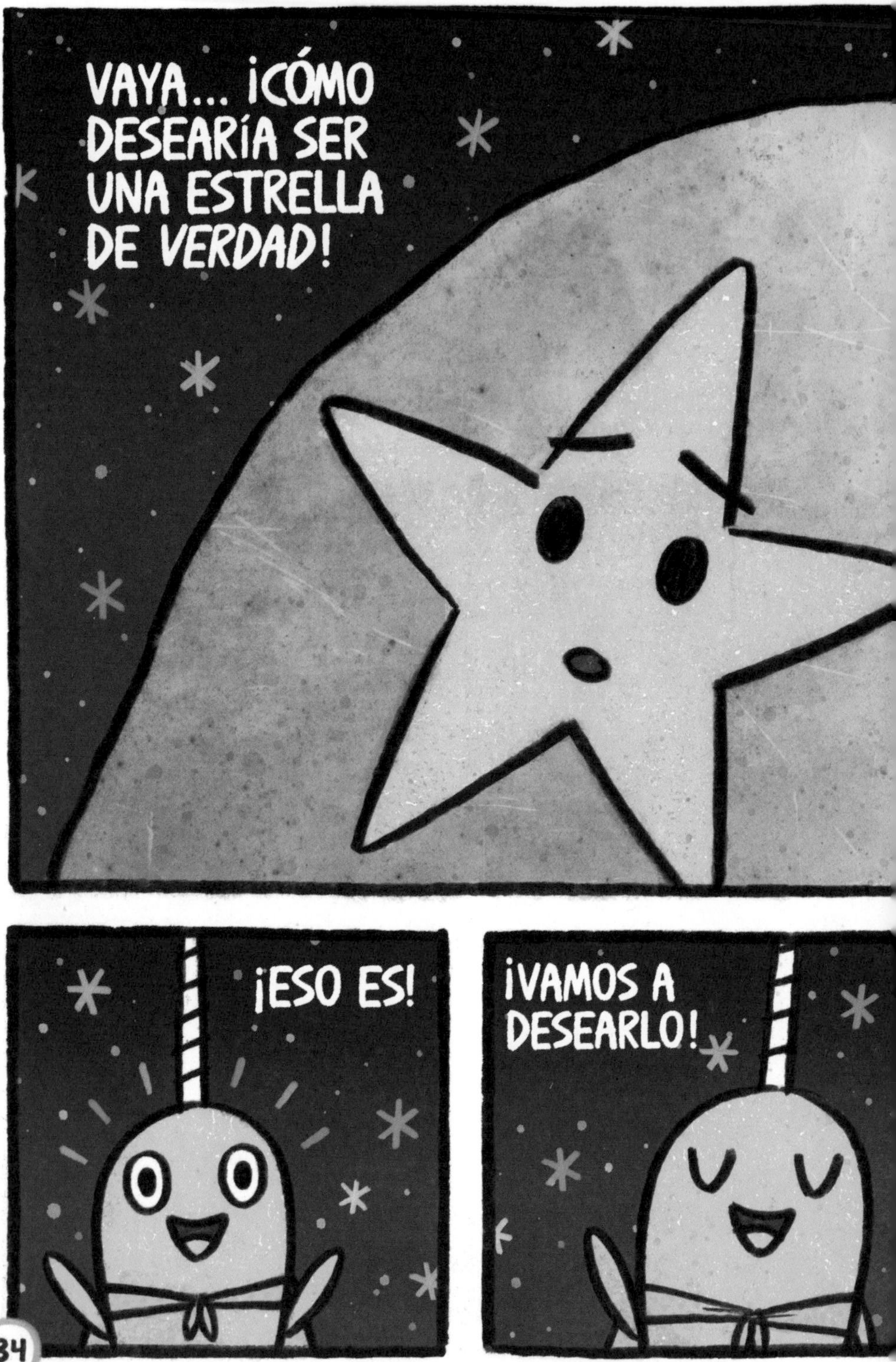
VAYA... ¡CÓMO DESEARÍA SER UNA ESTRELLA DE VERDAD!
¡ESO ES!
¡VAMOS A DESEARLO!

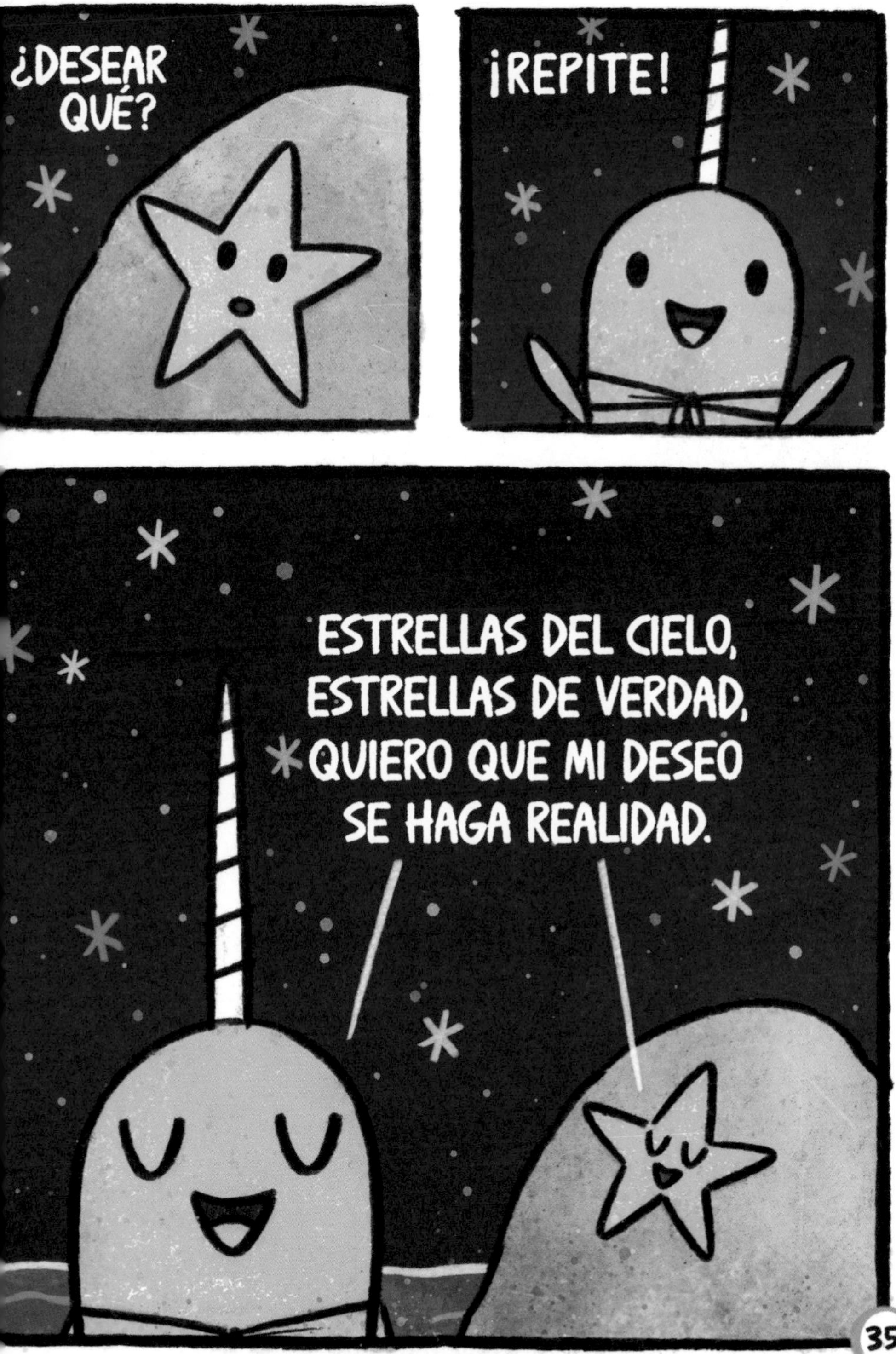
¿DESEAR QUÉ?
¡REPITE!
ESTRELLAS DEL CIELO, ESTRELLAS DE VERDAD, QUIERO QUE MI DESEO SE HAGA REALIDAD.

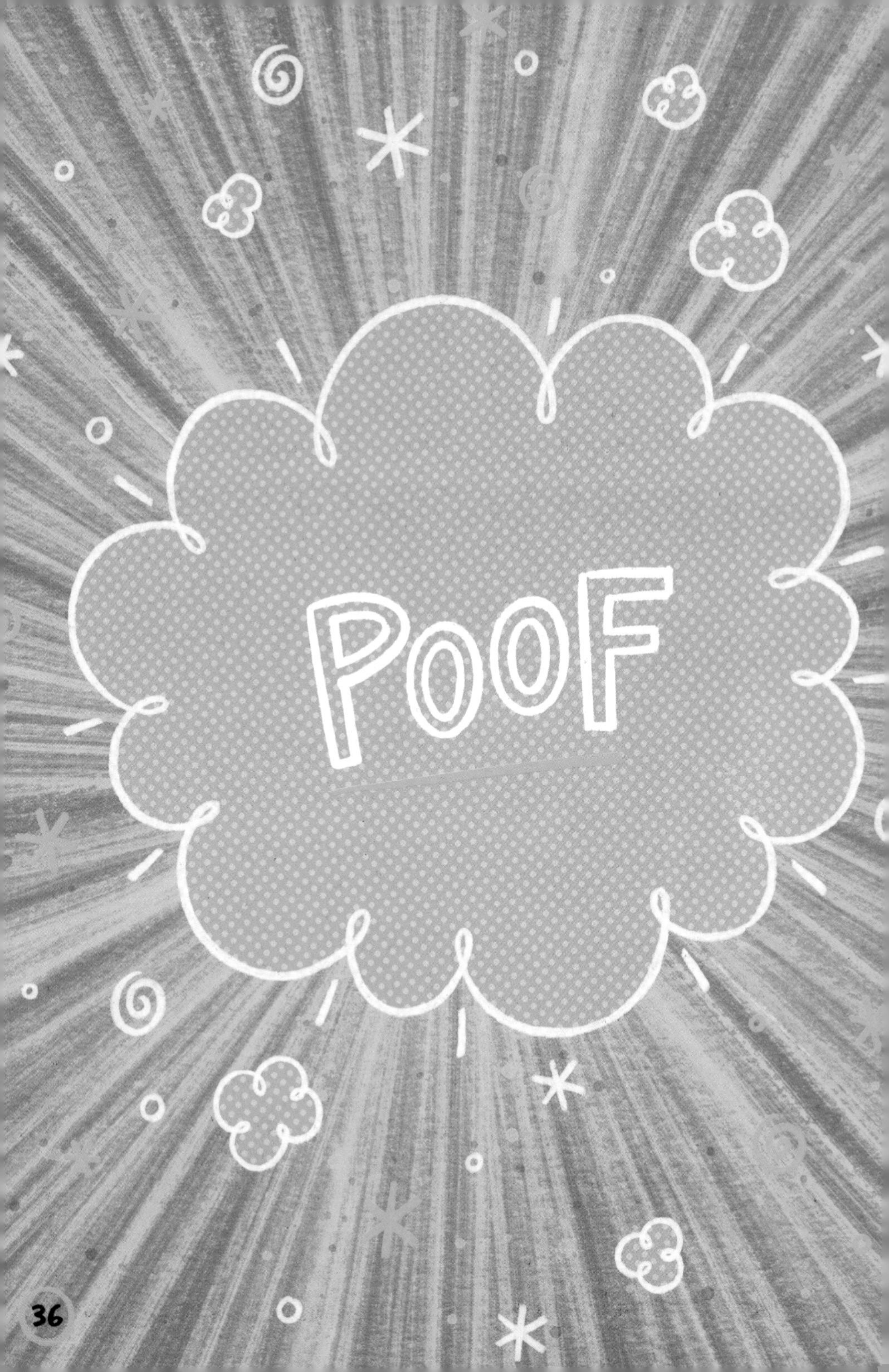
POOF

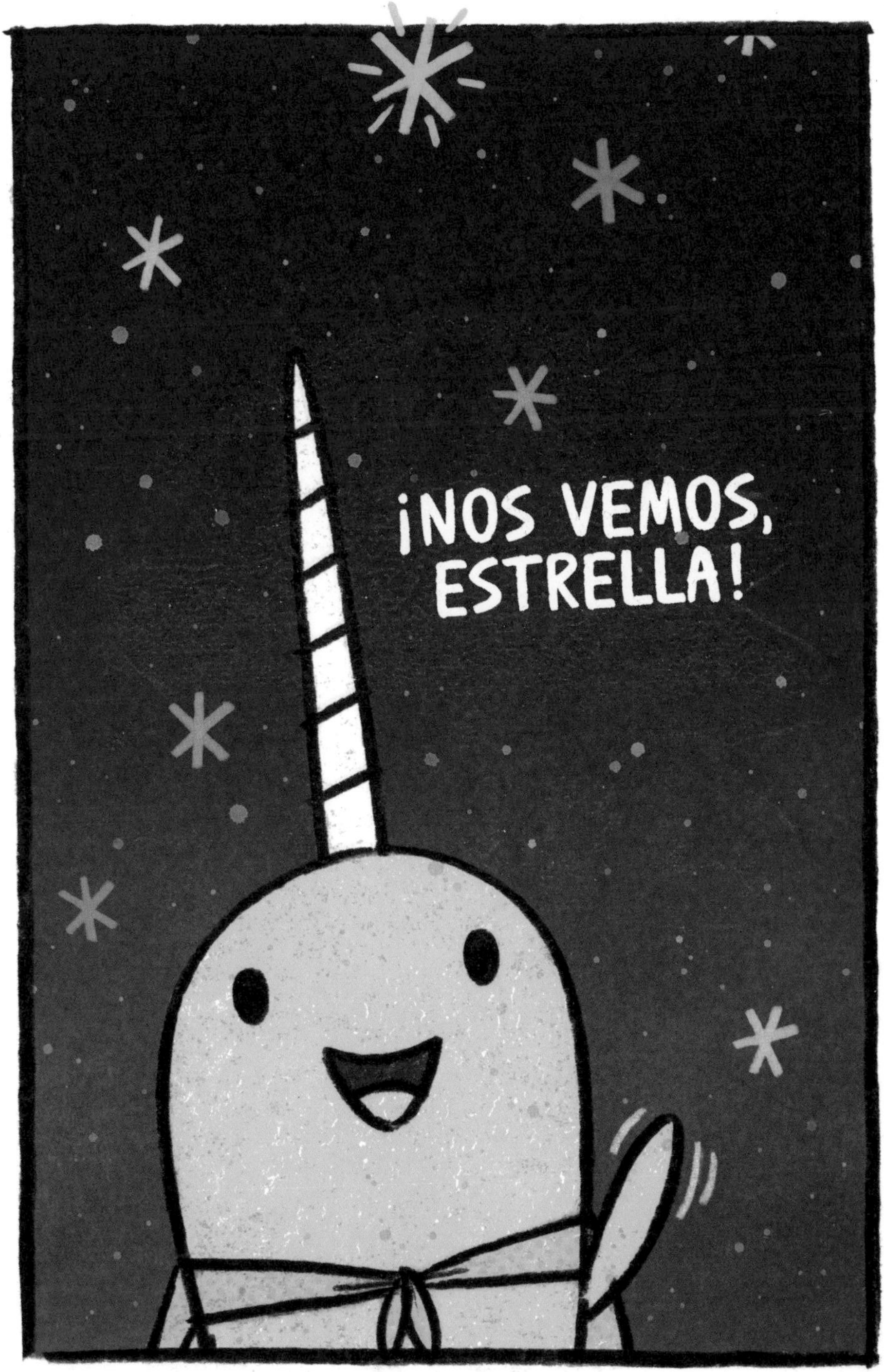
¡NOS VEMOS, ESTRELLA!

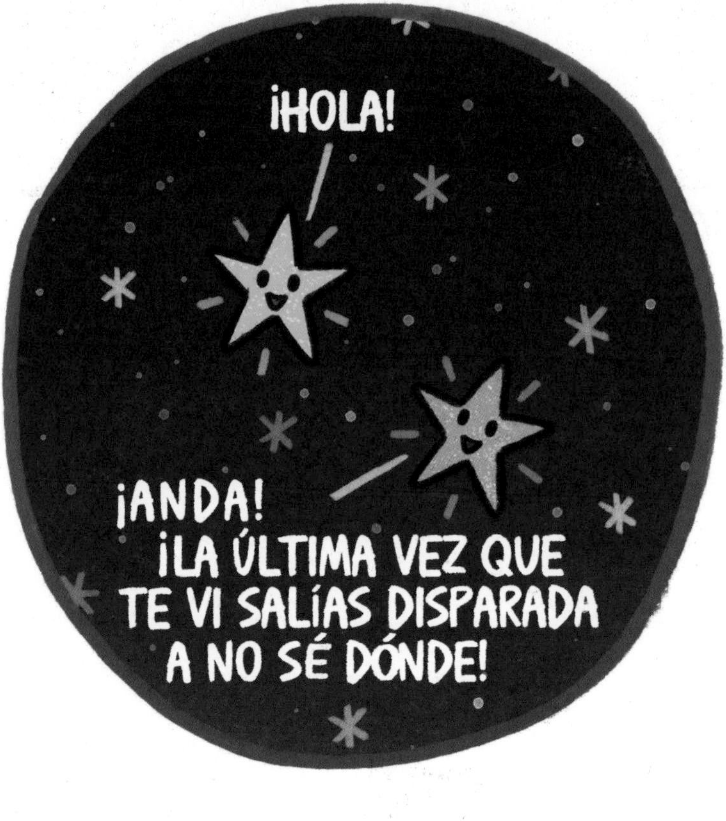
¡HOLA!
¡ANDA!
¡LA ÚLTIMA VEZ QUE
TE VI SALÍAS DISPARADA
A NO SÉ DÓNDE!

¡SUPERGOFRE Y WONDERFRESA!

POR Narval y Medu

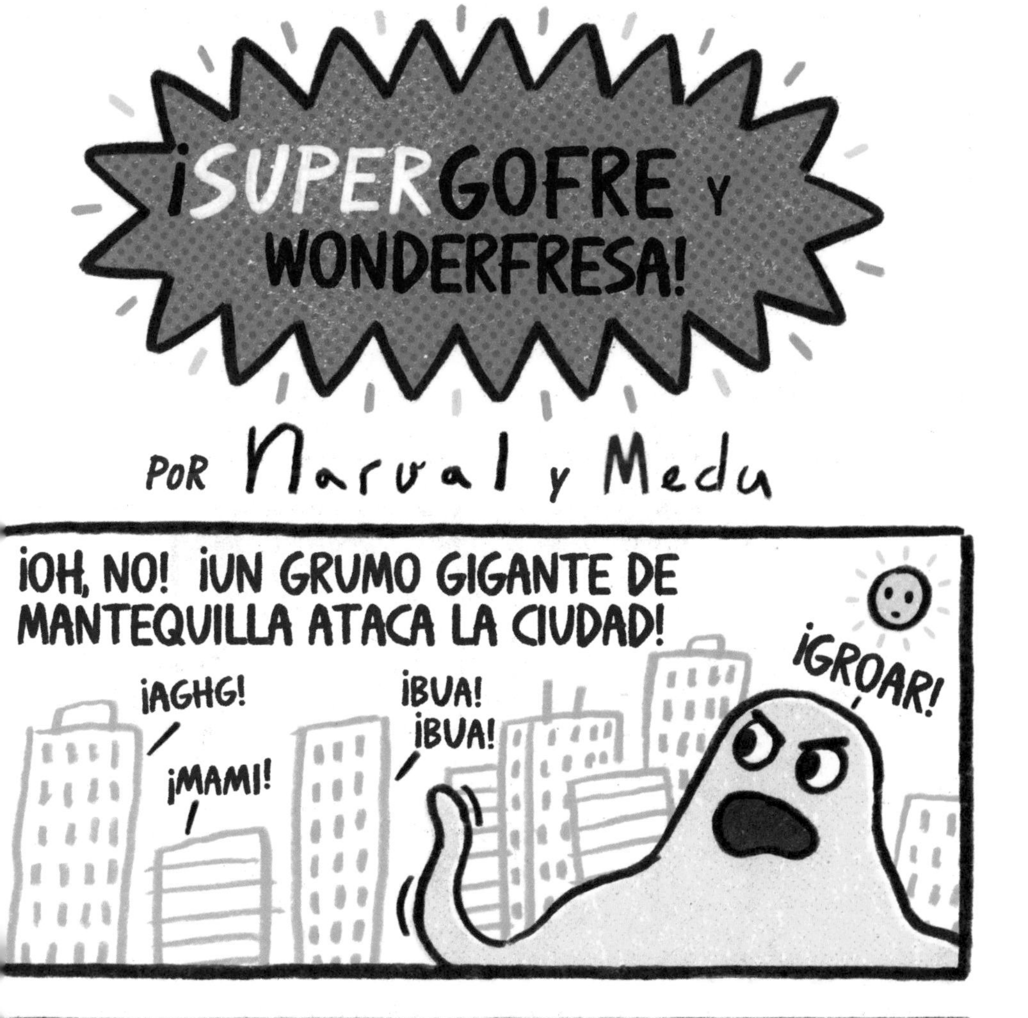
¡OH, NO! ¡UN GRUMO GIGANTE DE MANTEQUILLA ATACA LA CIUDAD!
¡AGHG!
¡MAMI!
¡BUA! ¡BUA!
¡GROAR!

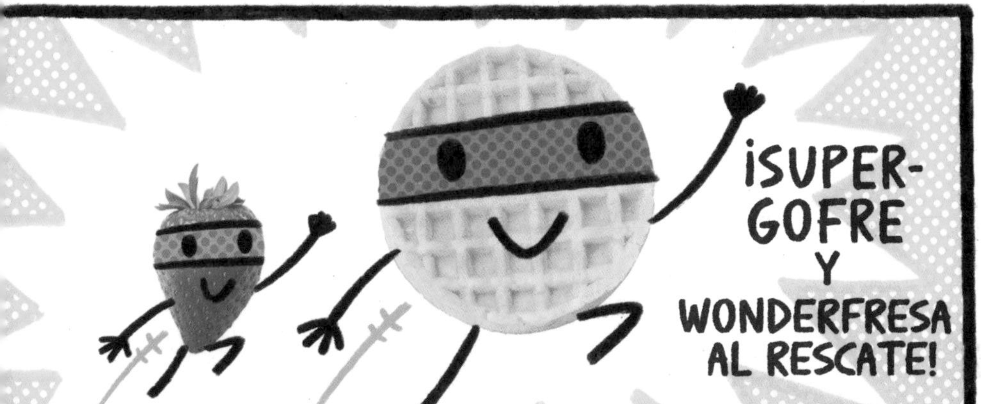
¡SUPER-GOFRE Y WONDERFRESA AL RESCATE!

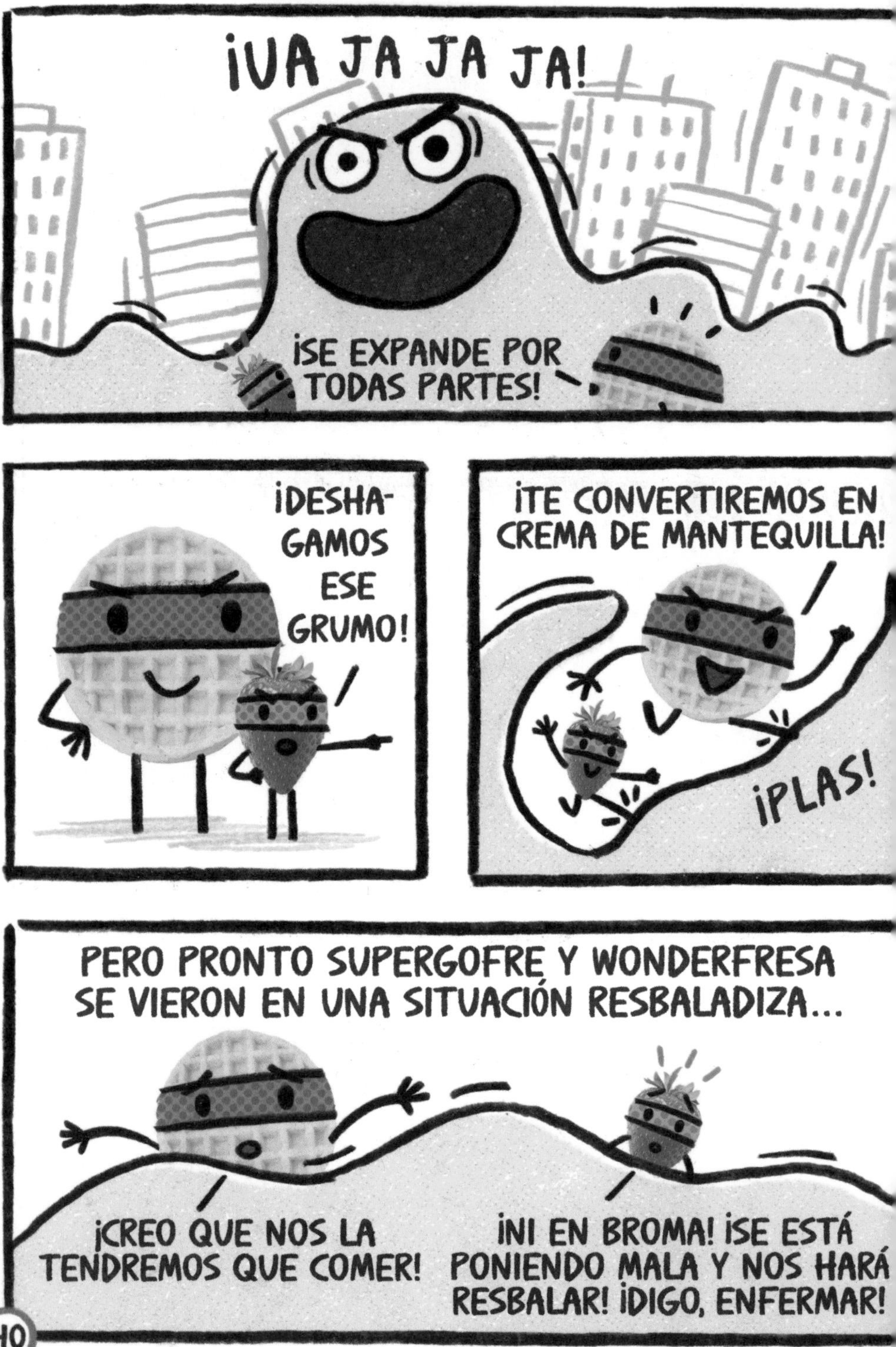
¡UA JA JA JA!
¡SE EXPANDE POR TODAS PARTES!
¡DESHAGAMOS ESE GRUMO!
¡TE CONVERTIREMOS EN CREMA DE MANTEQUILLA!
¡PLAS!
PERO PRONTO SUPERGOFRE Y WONDERFRESA SE VIERON EN UNA SITUACIÓN RESBALADIZA...
¡CREO QUE NOS LA TENDREMOS QUE COMER!
¡NI EN BROMA! ¡SE ESTÁ PONIENDO MALA Y NOS HARÁ RESBALAR! ¡DIGO, ENFERMAR!

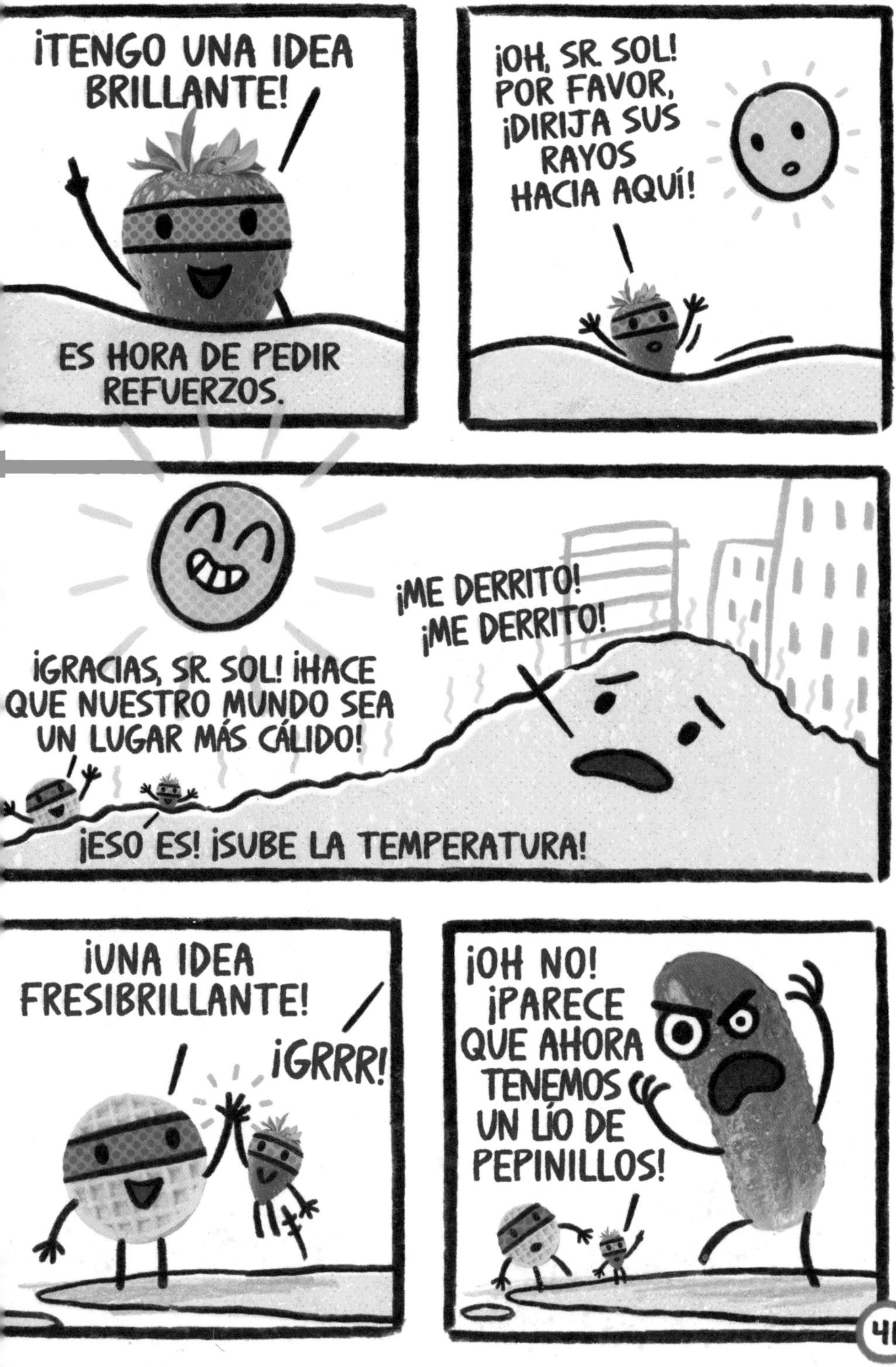
¡TENGO UNA IDEA BRILLANTE!
ES HORA DE PEDIR REFUERZOS.
¡OH, SR. SOL! POR FAVOR, ¡DIRIJA SUS RAYOS HACIA AQUÍ!
¡GRACIAS, SR. SOL! ¡HACE QUE NUESTRO MUNDO SEA UN LUGAR MÁS CÁLIDO!
¡ME DERRITO! ¡ME DERRITO!
¡ESO ES! ¡SUBE LA TEMPERATURA!
¡UNA IDEA FRESIBRILLANTE!
¡GRRR!
¡OH NO! ¡PARECE QUE AHORA TENEMOS UN LÍO DE PEPINILLOS!

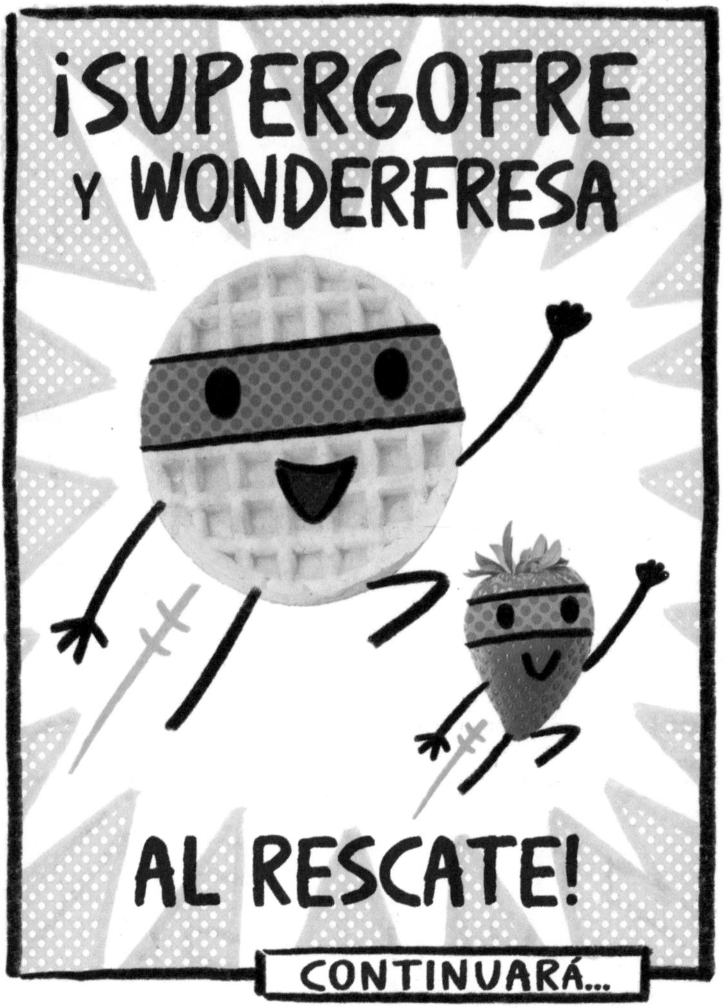
¡SUPERGOFRE
Y WONDERFRESA
AL RESCATE!
CONTINUARÁ...

SUPER-NARVAL VS. MEDUCHOF

O

EL SÚPER SUPERPODER

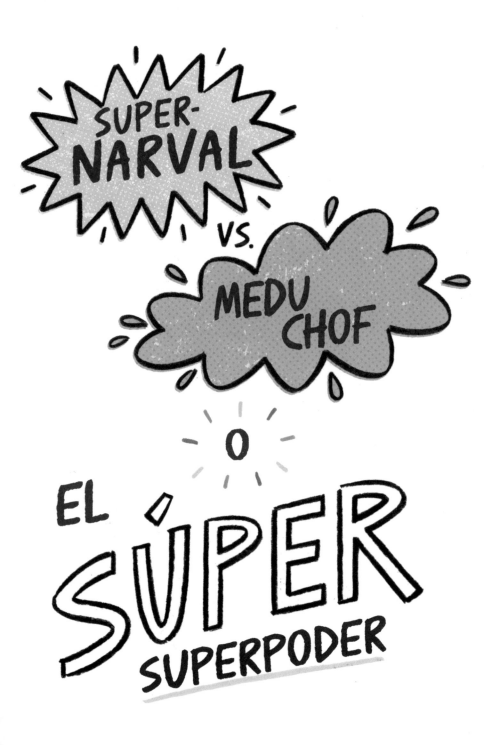

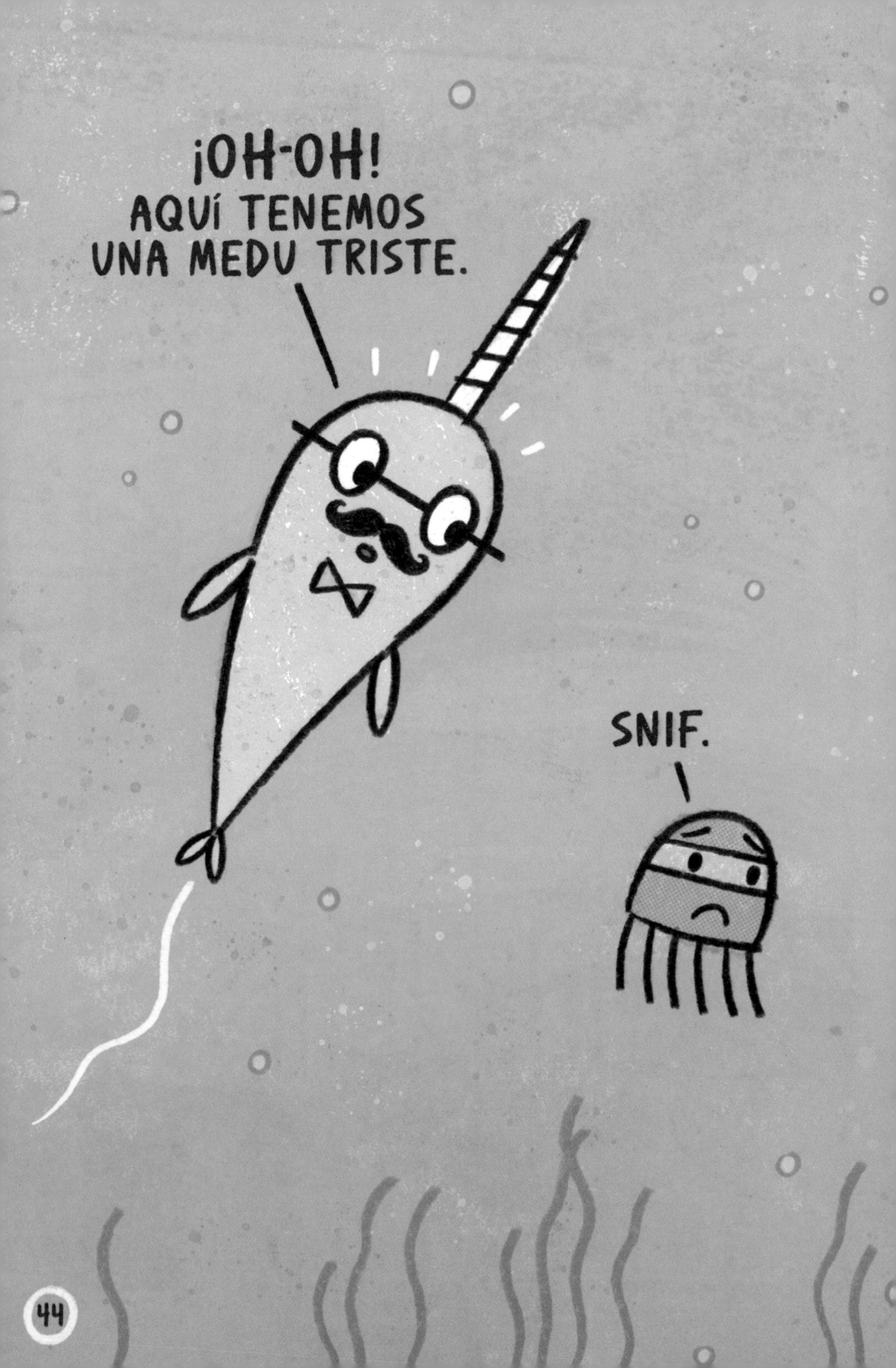
¡OH-OH!
AQUÍ TENEMOS
UNA MEDU TRISTE.
SNIF.

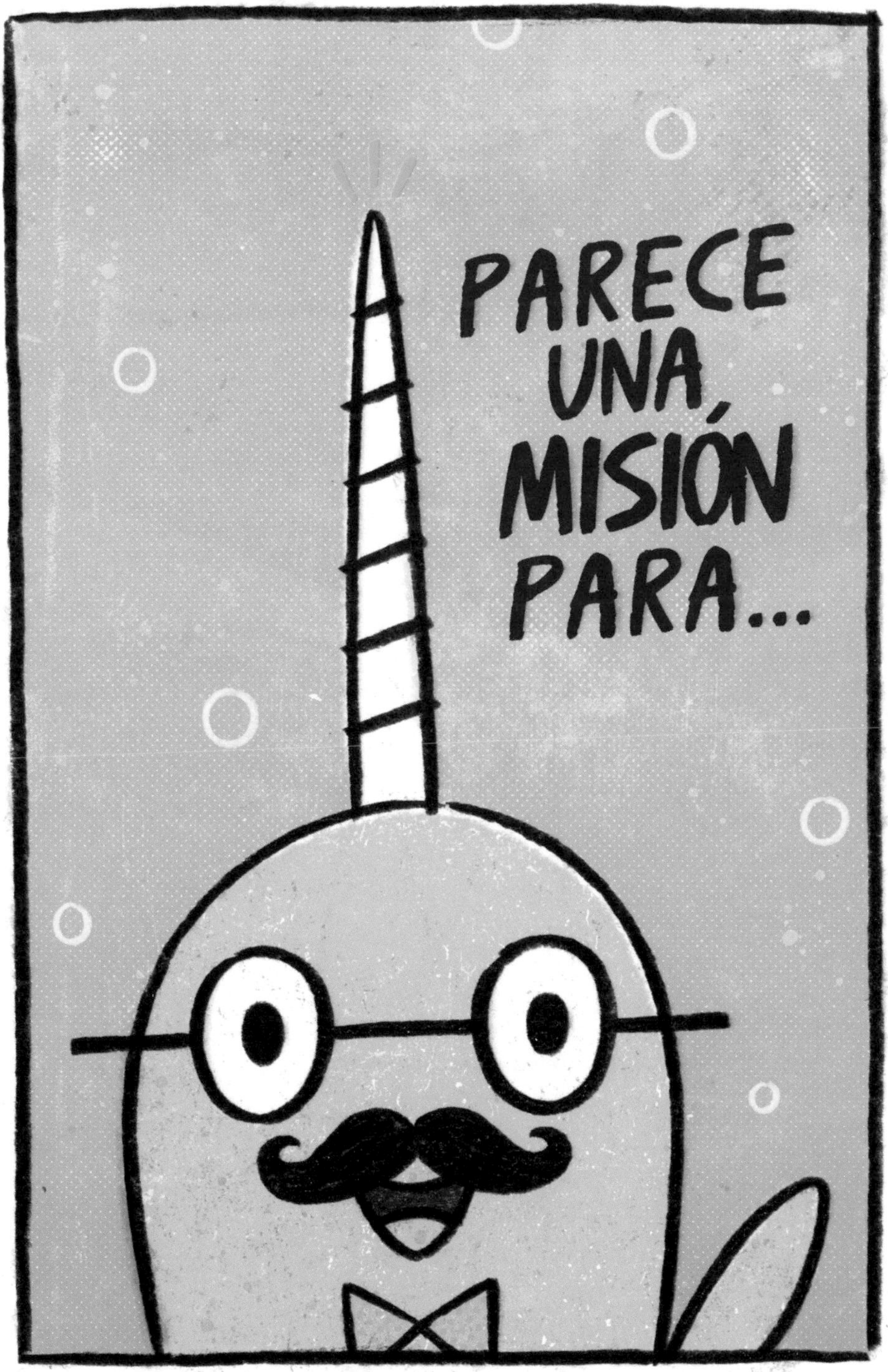
PARECE UNA MISIÓN PARA...

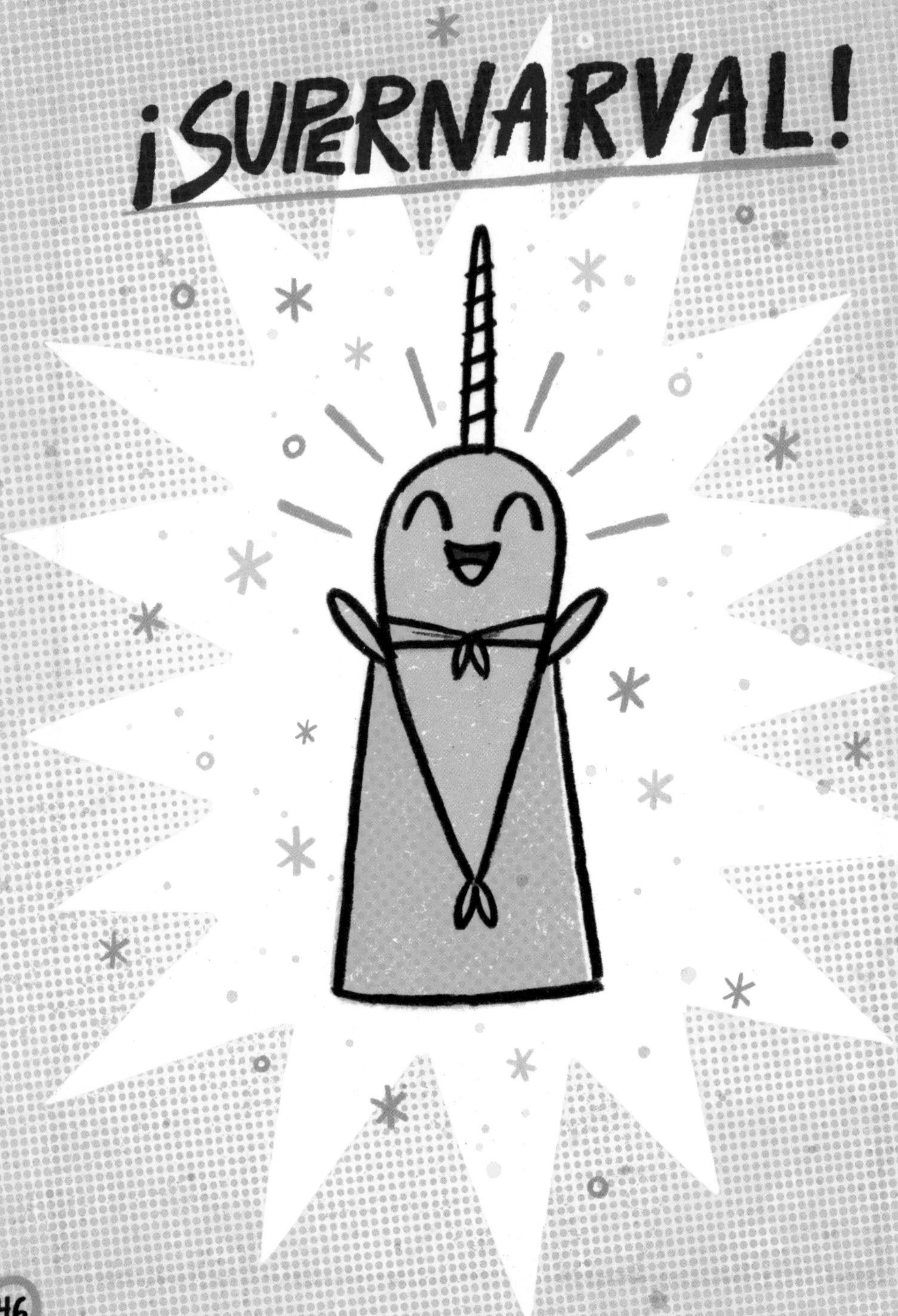
¡SUPERNARVAL!

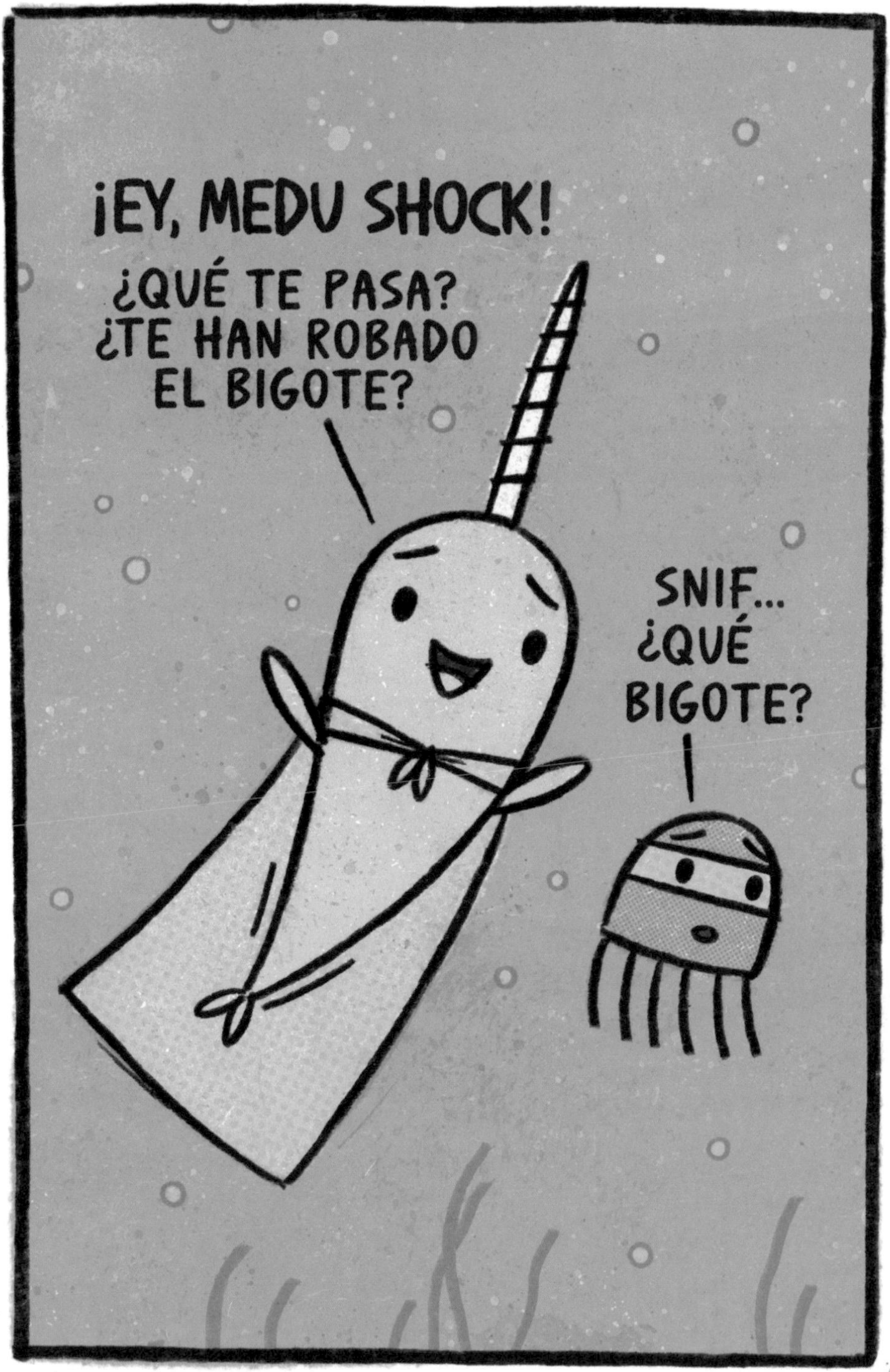
¡EY, MEDU SHOCK!
¿QUÉ TE PASA? ¿TE HAN ROBADO EL BIGOTE?
SNIF... ¿QUÉ BIGOTE?

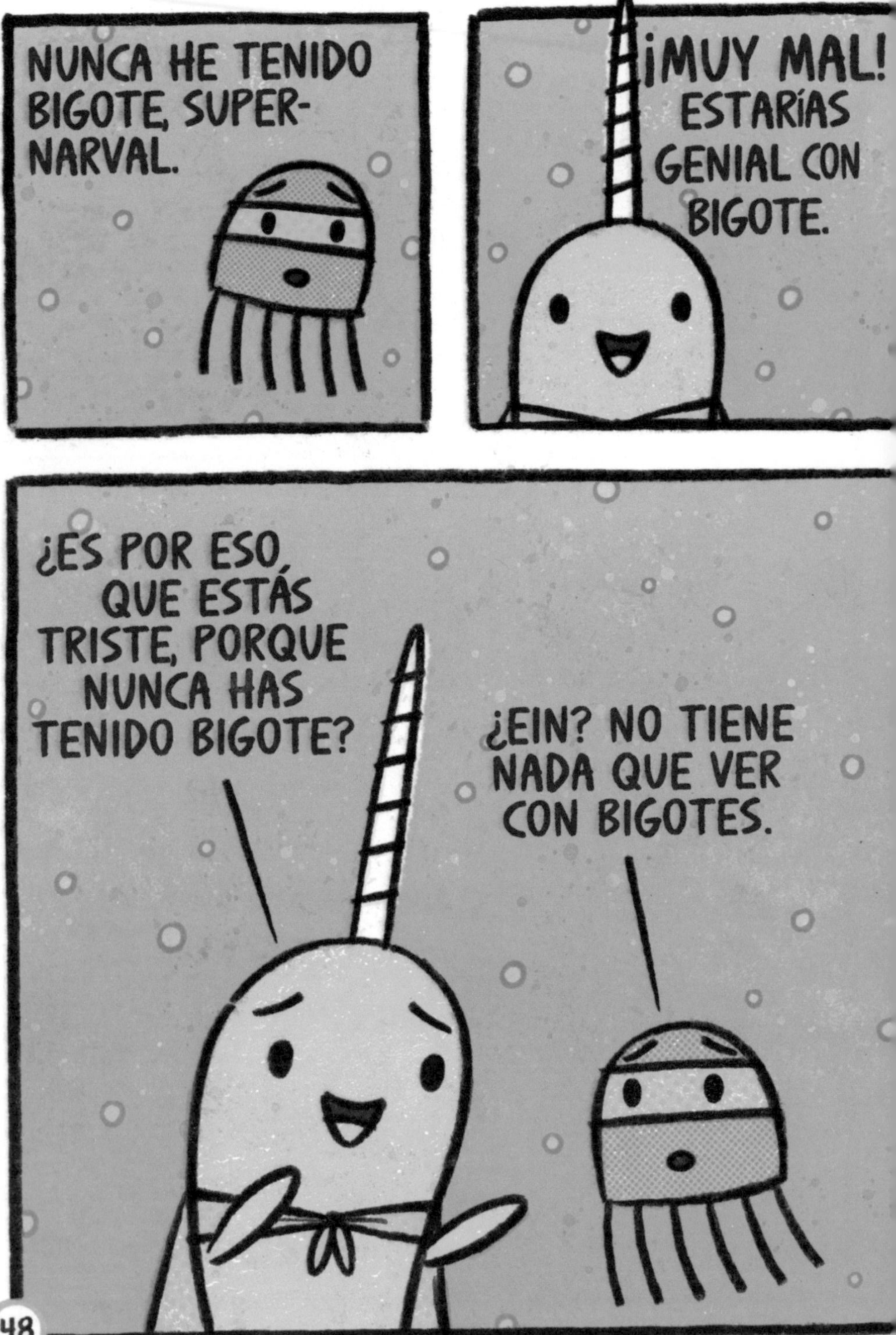
NUNCA HE TENIDO BIGOTE, SUPER-NARVAL.
¡MUY MAL! ESTARÍAS GENIAL CON BIGOTE.
¿ES POR ESO QUE ESTÁS TRISTE, PORQUE NUNCA HAS TENIDO BIGOTE?
¿EIN? NO TIENE NADA QUE VER CON BIGOTES.

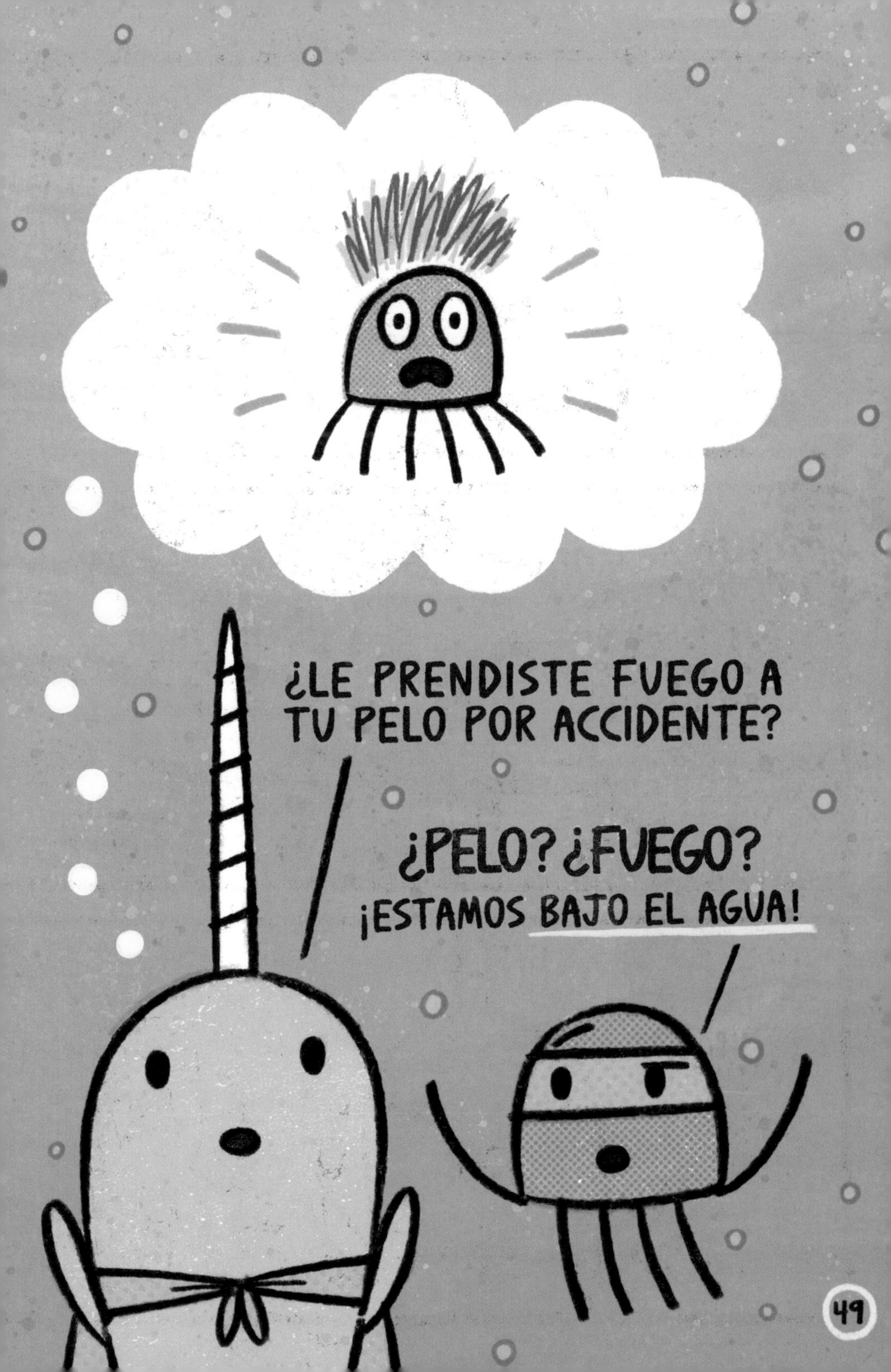
¿LE PRENDISTE FUEGO A TU PELO POR ACCIDENTE?
¿PELO? ¿FUEGO?
¡ESTAMOS BAJO EL AGUA!

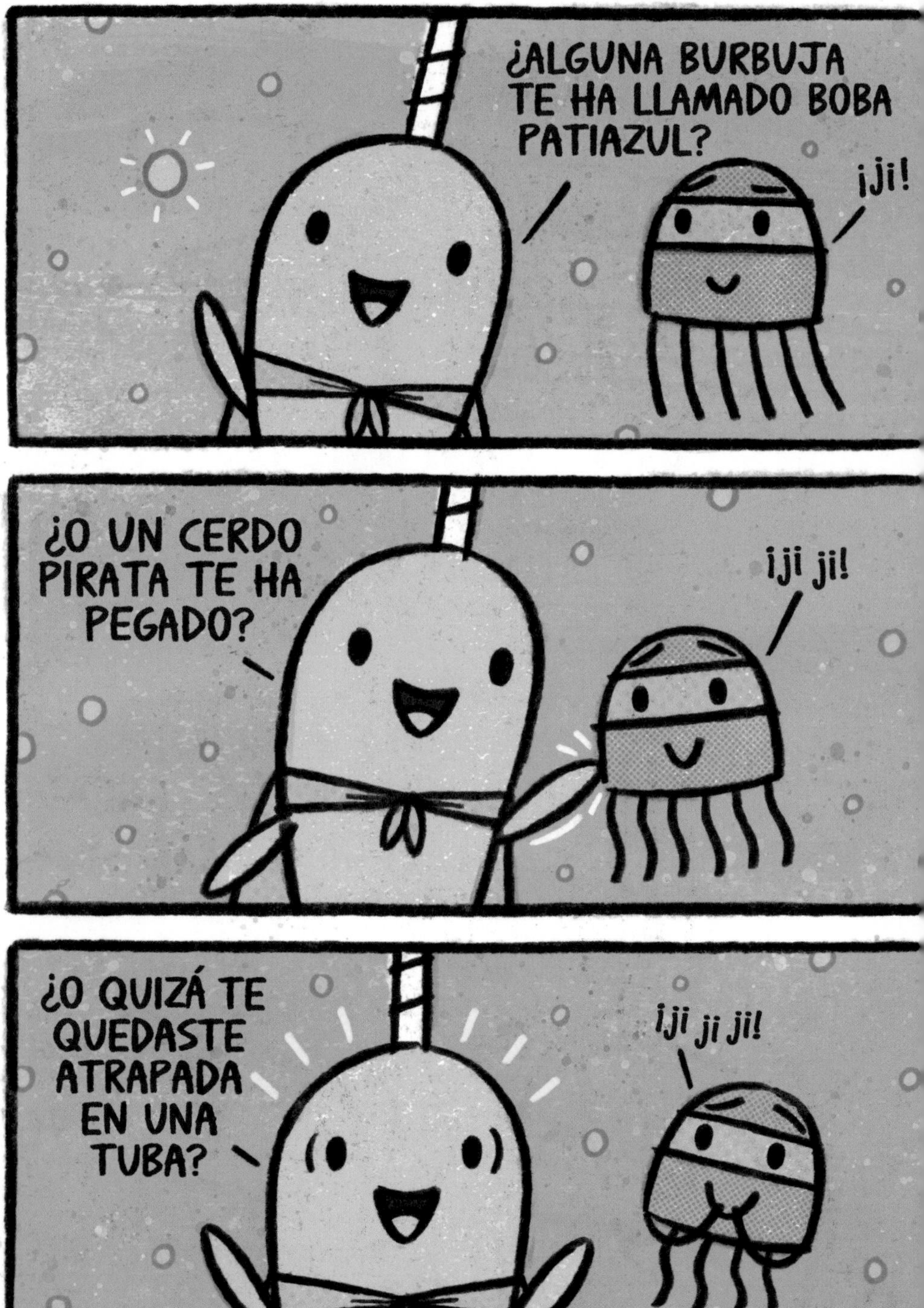
¿ALGUNA BURBUJA TE HA LLAMADO BOBA PATIAZUL?
¡JI!
¿O UN CERDO PIRATA TE HA PEGADO?
¡JI JI!
¿O QUIZÁ TE QUEDASTE ATRAPADA EN UNA TUBA?
¡JI JI JI!

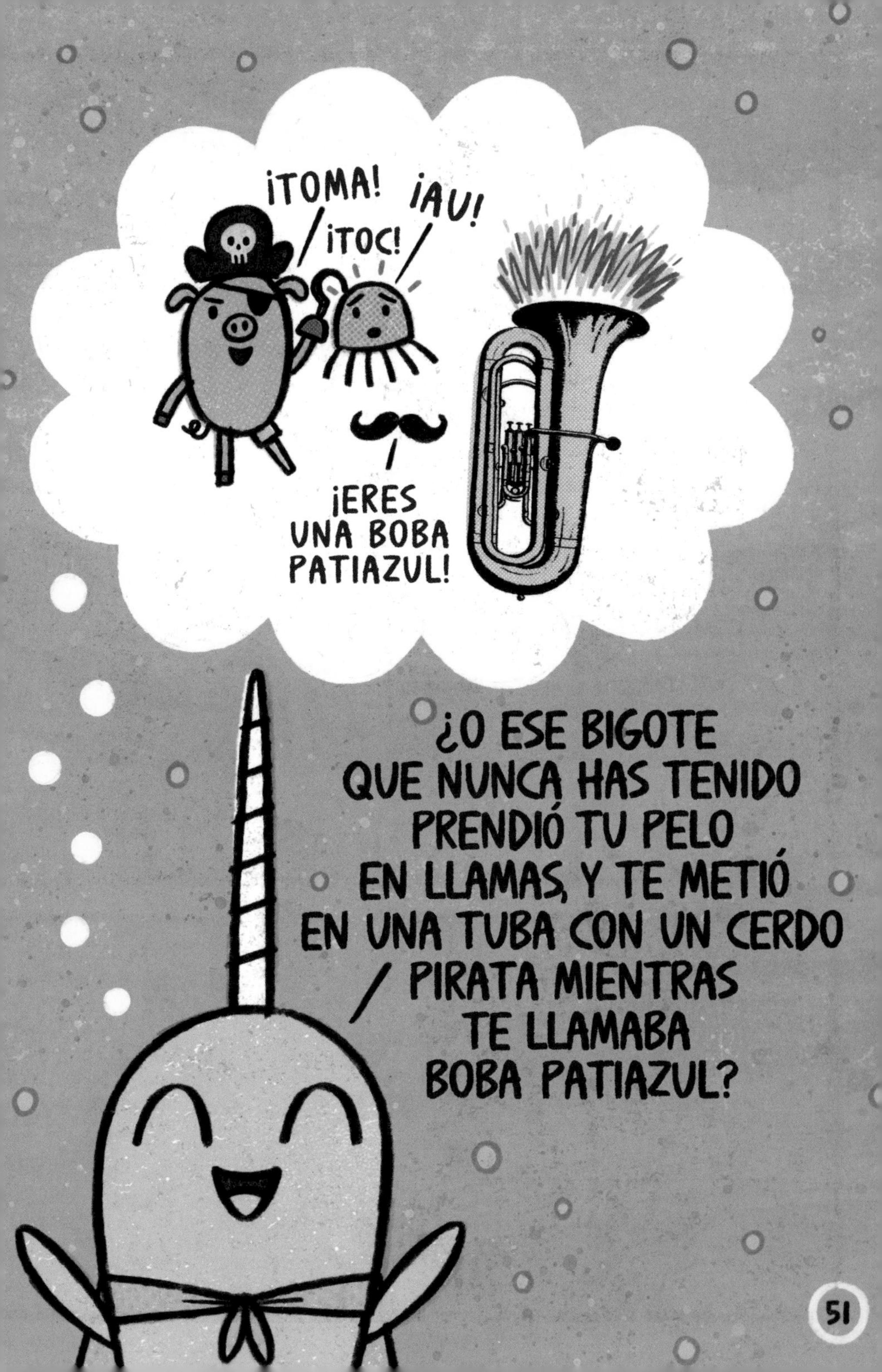
¡TOMA!
¡AU!
¡TOC!
¡ERES UNA BOBA PATIAZUL!
¿O ESE BIGOTE QUE NUNCA HAS TENIDO PRENDIÓ TU PELO EN LLAMAS, Y TE METIÓ EN UNA TUBA CON UN CERDO PIRATA MIENTRAS TE LLAMABA BOBA PATIAZUL?

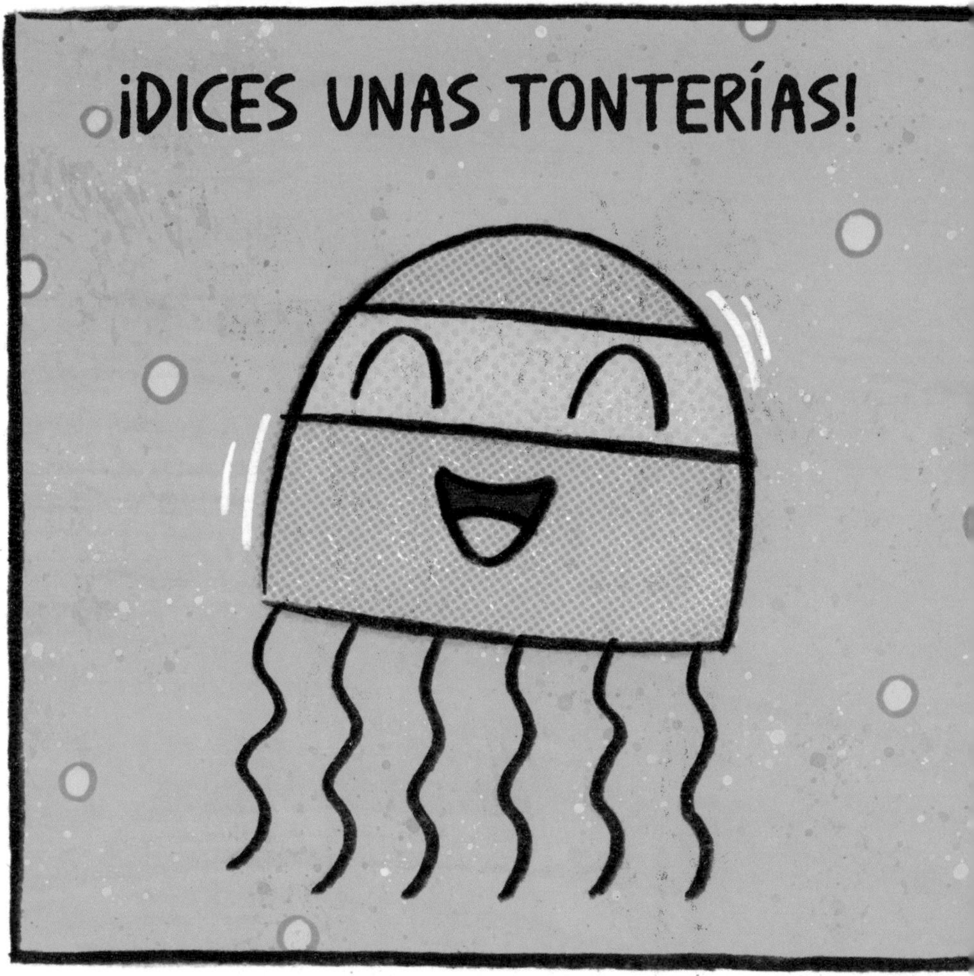
¡DICES UNAS TONTERÍAS!

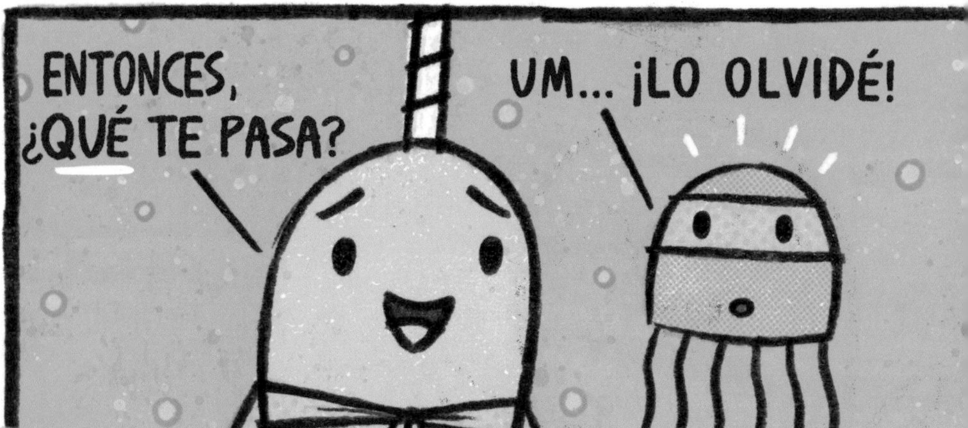
ENTONCES, ¿QUÉ TE PASA?
UM... ¡LO OLVIDÉ!

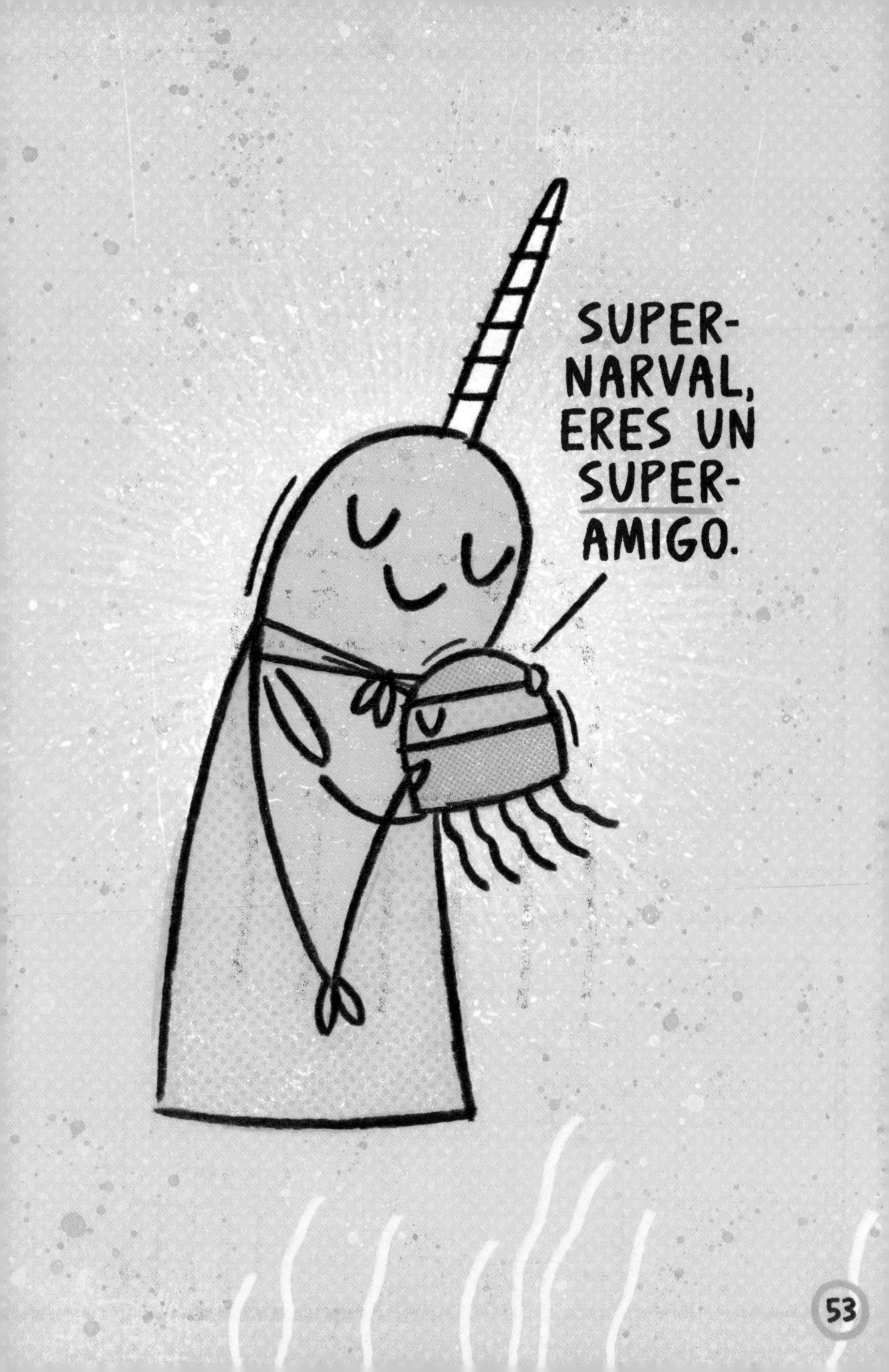
SUPER-
NARVAL,
ERES UN
SUPER-
AMIGO.

OH, ESPERA, AHORA ME ACUERDO...

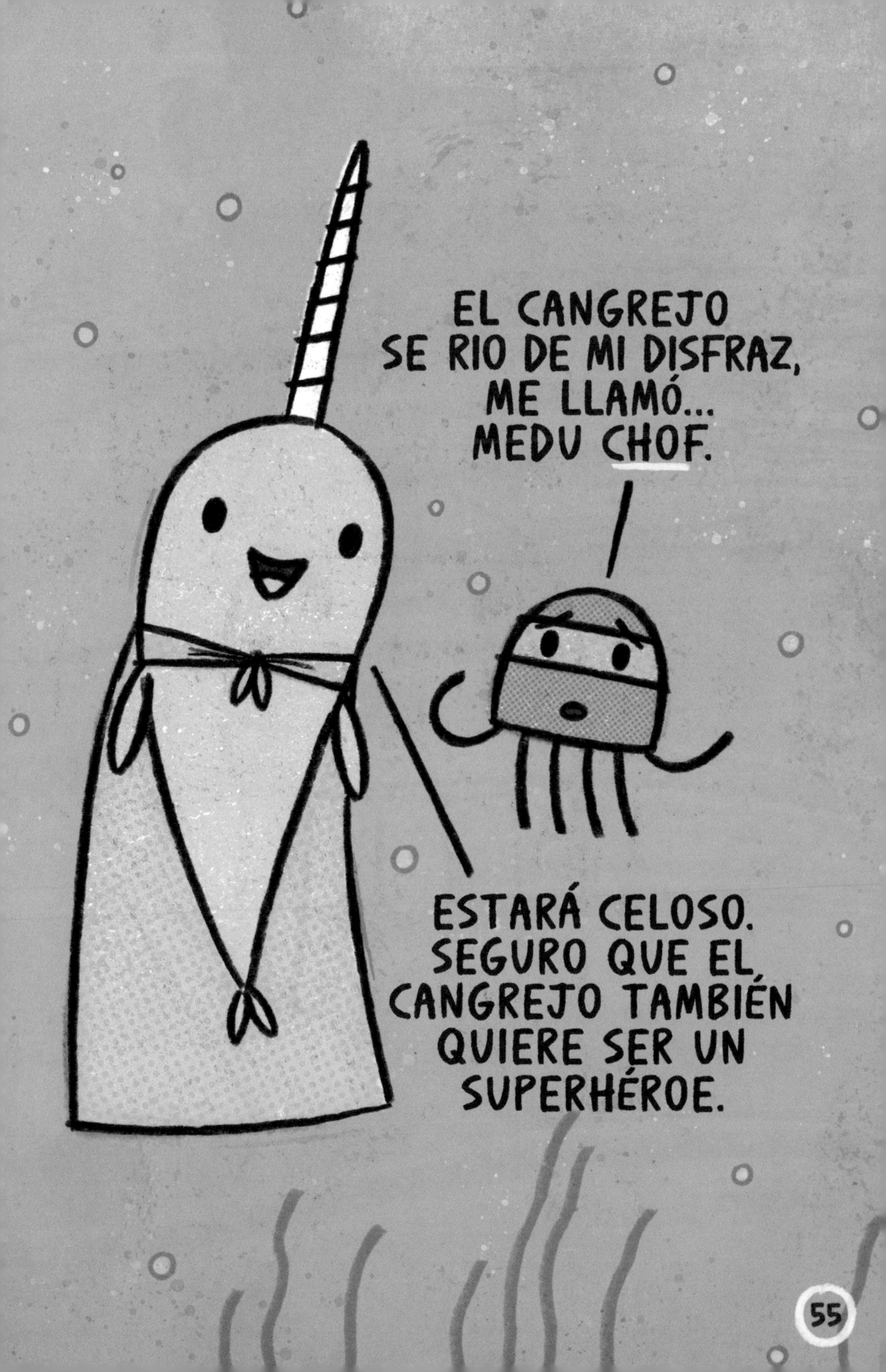

EL CANGREJO SE RIO DE MI DISFRAZ, ME LLAMÓ... MEDU CHOF.
ESTARÁ CELOSO. SEGURO QUE EL CANGREJO TAMBIÉN QUIERE SER UN SUPERHÉROE.

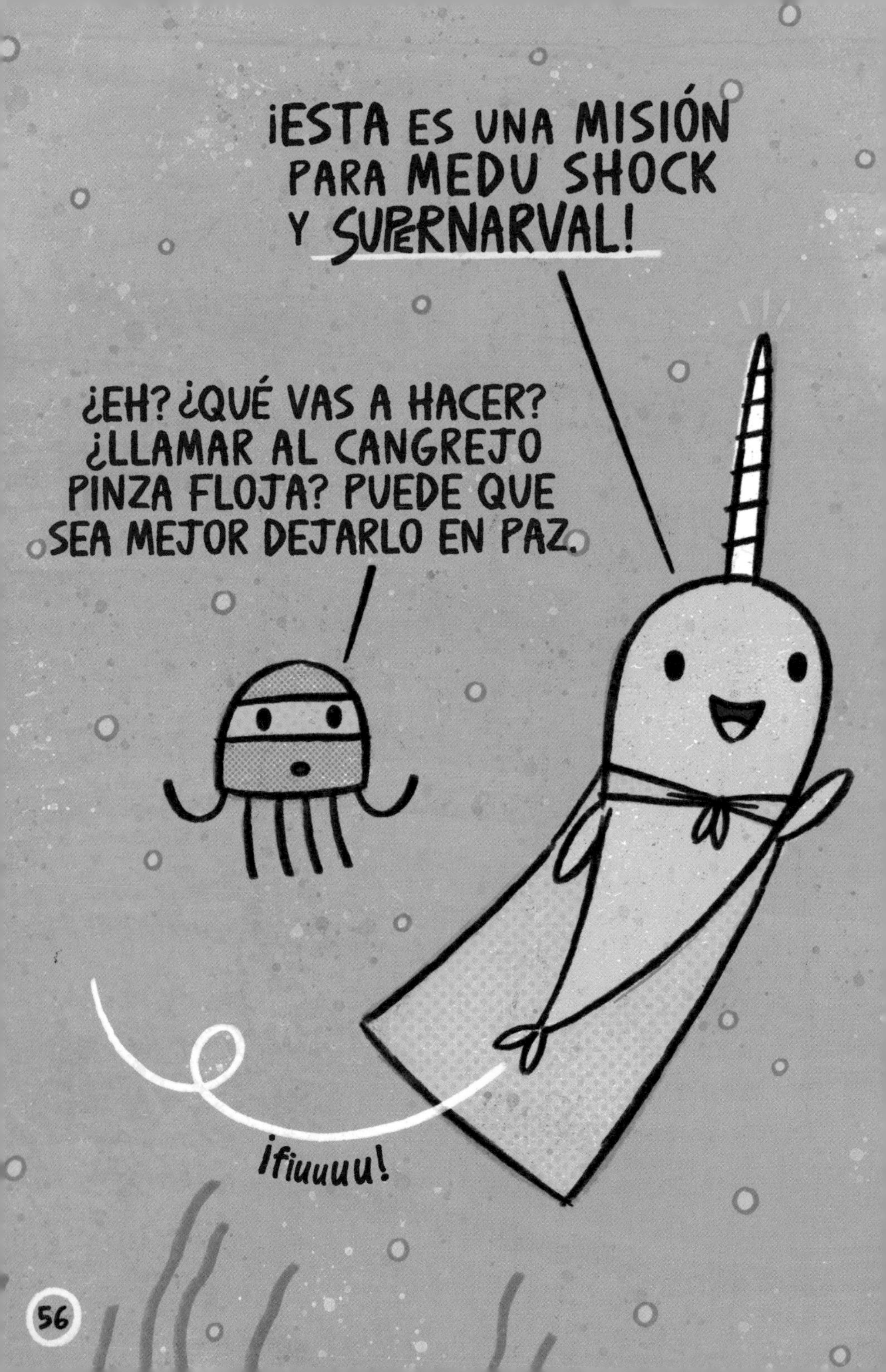
¡ESTA ES UNA MISIÓN PARA MEDU SHOCK Y SUPERNARVAL!
¿EH? ¿QUÉ VAS A HACER? ¿LLAMAR AL CANGREJO PINZA FLOJA? PUEDE QUE SEA MEJOR DEJARLO EN PAZ.
¡fiuuuu!

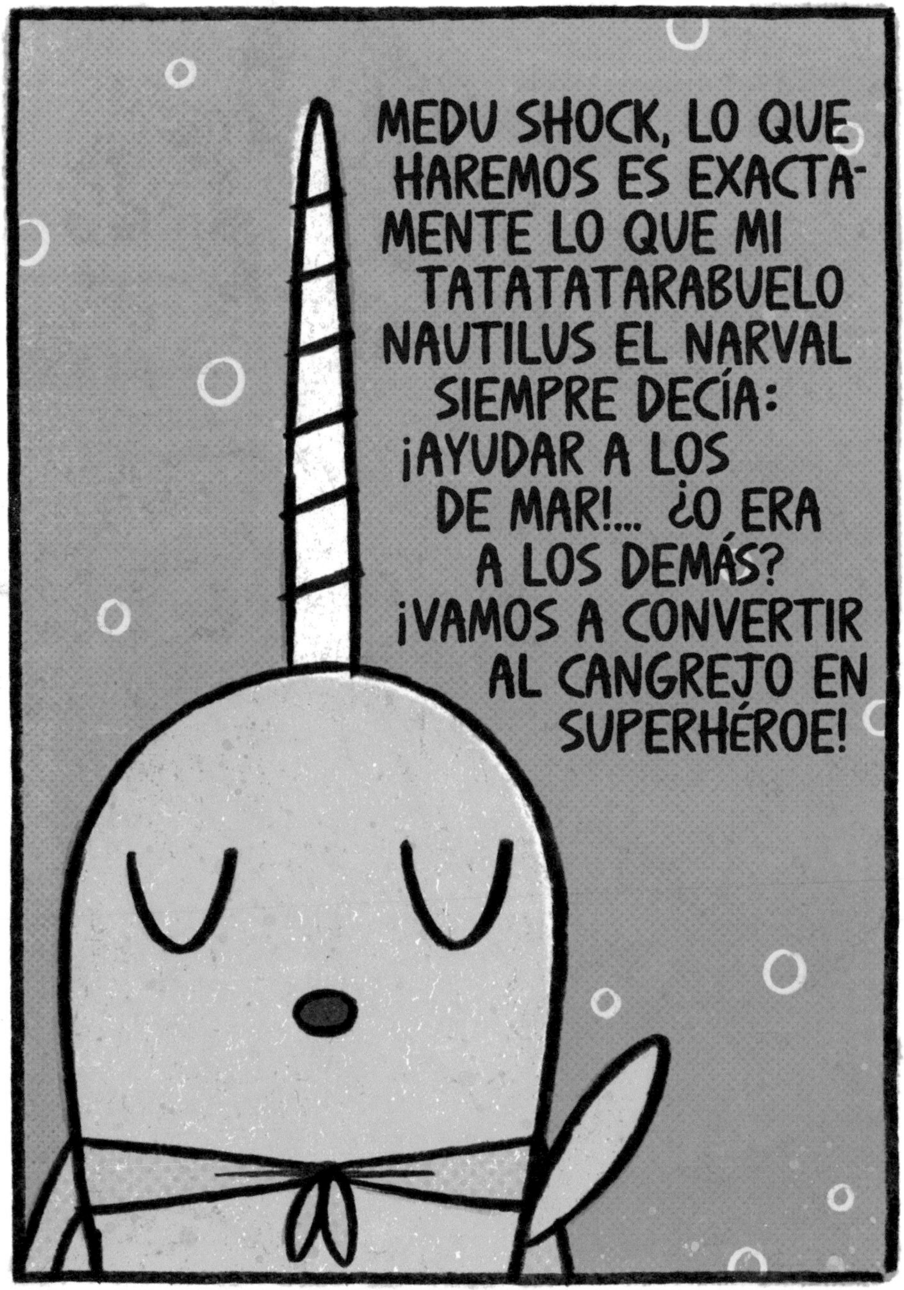
MEDU SHOCK, LO QUE HAREMOS ES EXACTAMENTE LO QUE MI TATATATARABUELO NAUTILUS EL NARVAL SIEMPRE DECÍA: ¡AYUDAR A LOS DE MAR!... ¿O ERA A LOS DEMÁS? ¡VAMOS A CONVERTIR AL CANGREJO EN SUPERHÉROE!

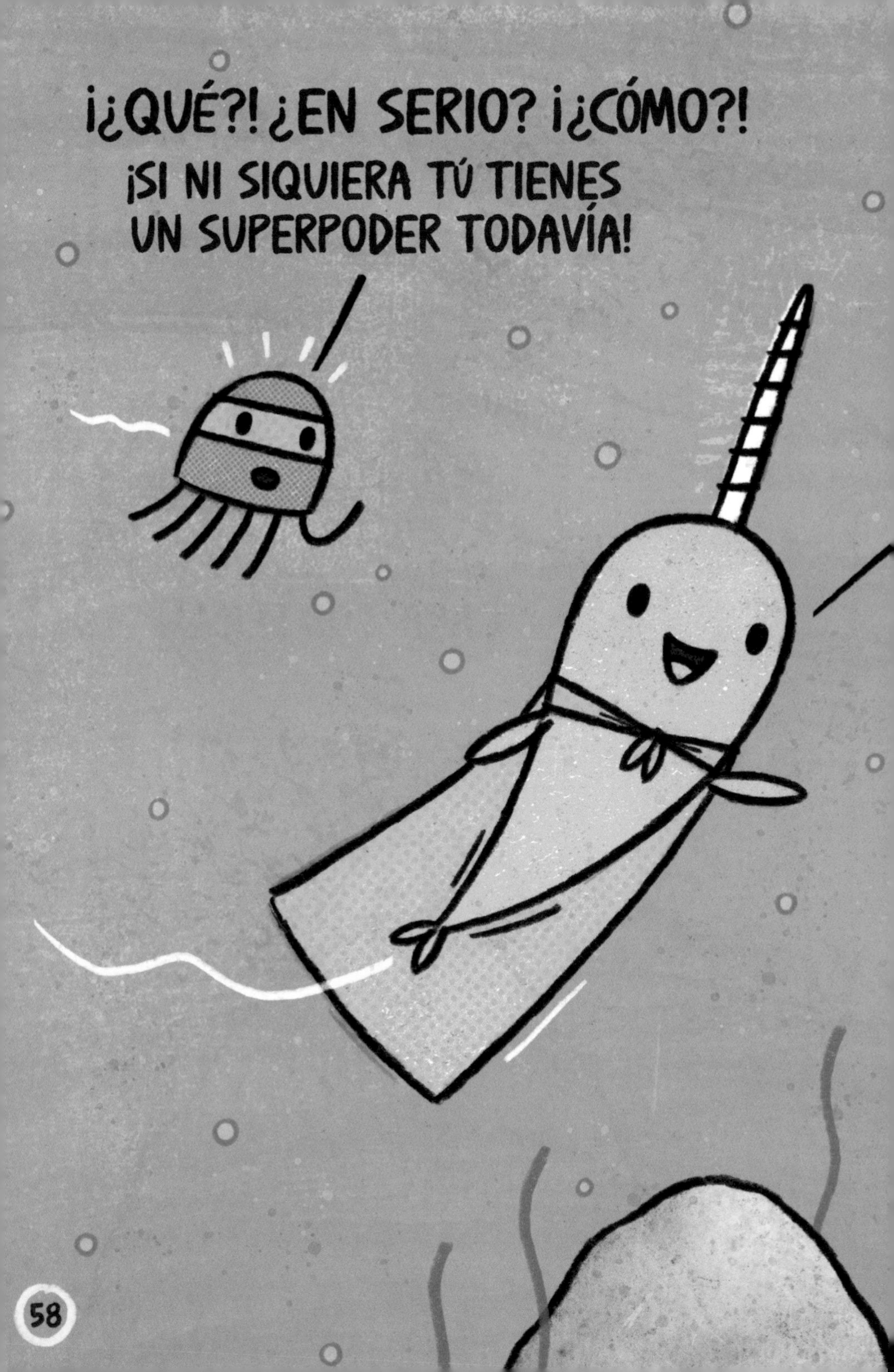
¡¿QUÉ?! ¿EN SERIO? ¡¿CÓMO?!
¡SI NI SIQUIERA TÚ TIENES UN SUPERPODER TODAVÍA!

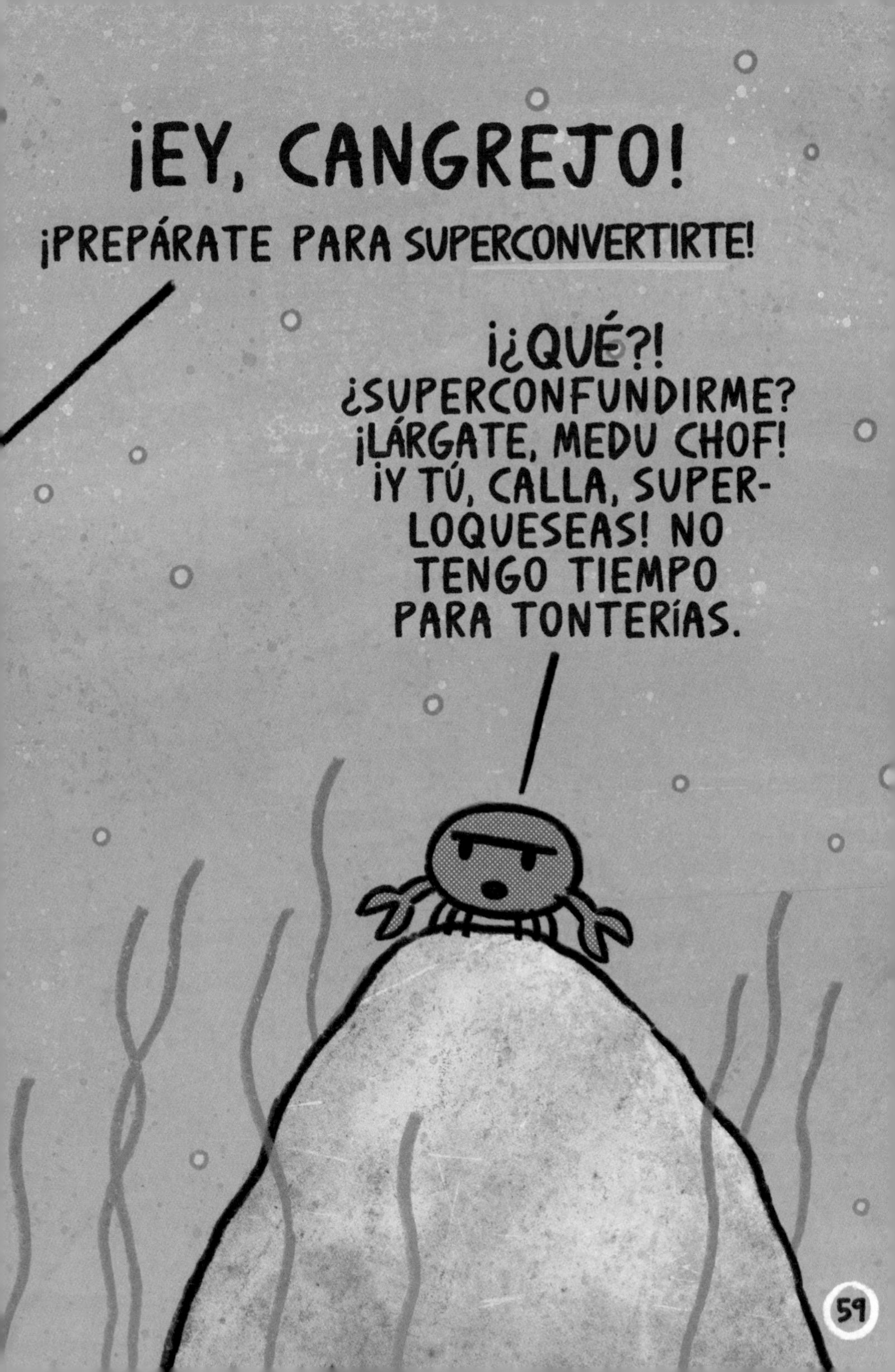
¡EY, CANGREJO!
¡PREPÁRATE PARA SUPERCONVERTIRTE!
¡¿QUÉ?! ¿SUPERCONFUNDIRME? ¡LÁRGATE, MEDU CHOF! ¡Y TÚ, CALLA, SUPER-LOQUESEAS! NO TENGO TIEMPO PARA TONTERÍAS.

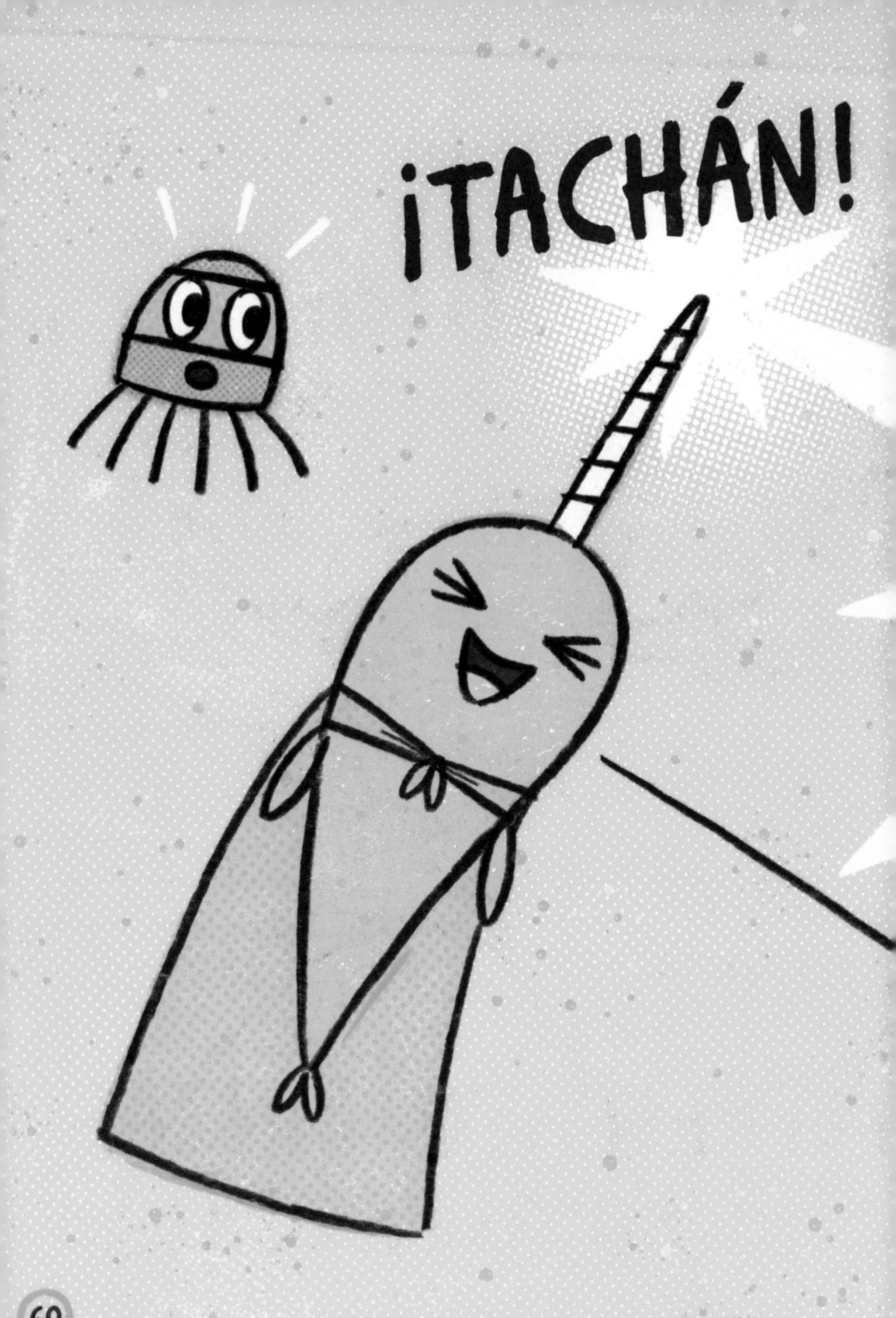
¡TACHÁN!

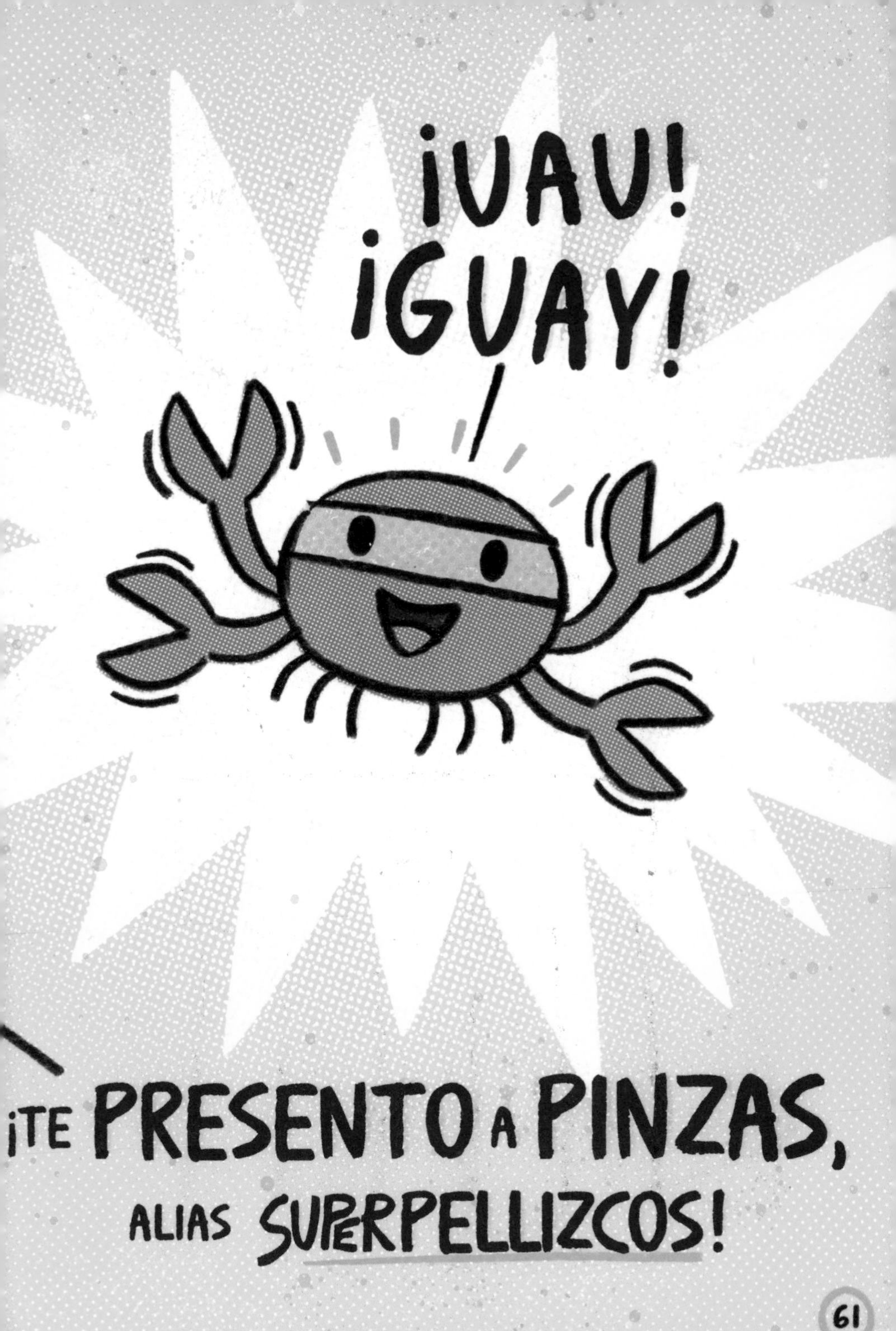
¡UAU! ¡GUAY!
¡TE PRESENTO A PINZAS,
ALIAS SUPERPELLIZCOS!

¡VALA! ¡NO PUEDO CREERLO! ¡TU SUPERPODER ES DESCUBRIR LO SÚPER EN LOS DEMÁS!

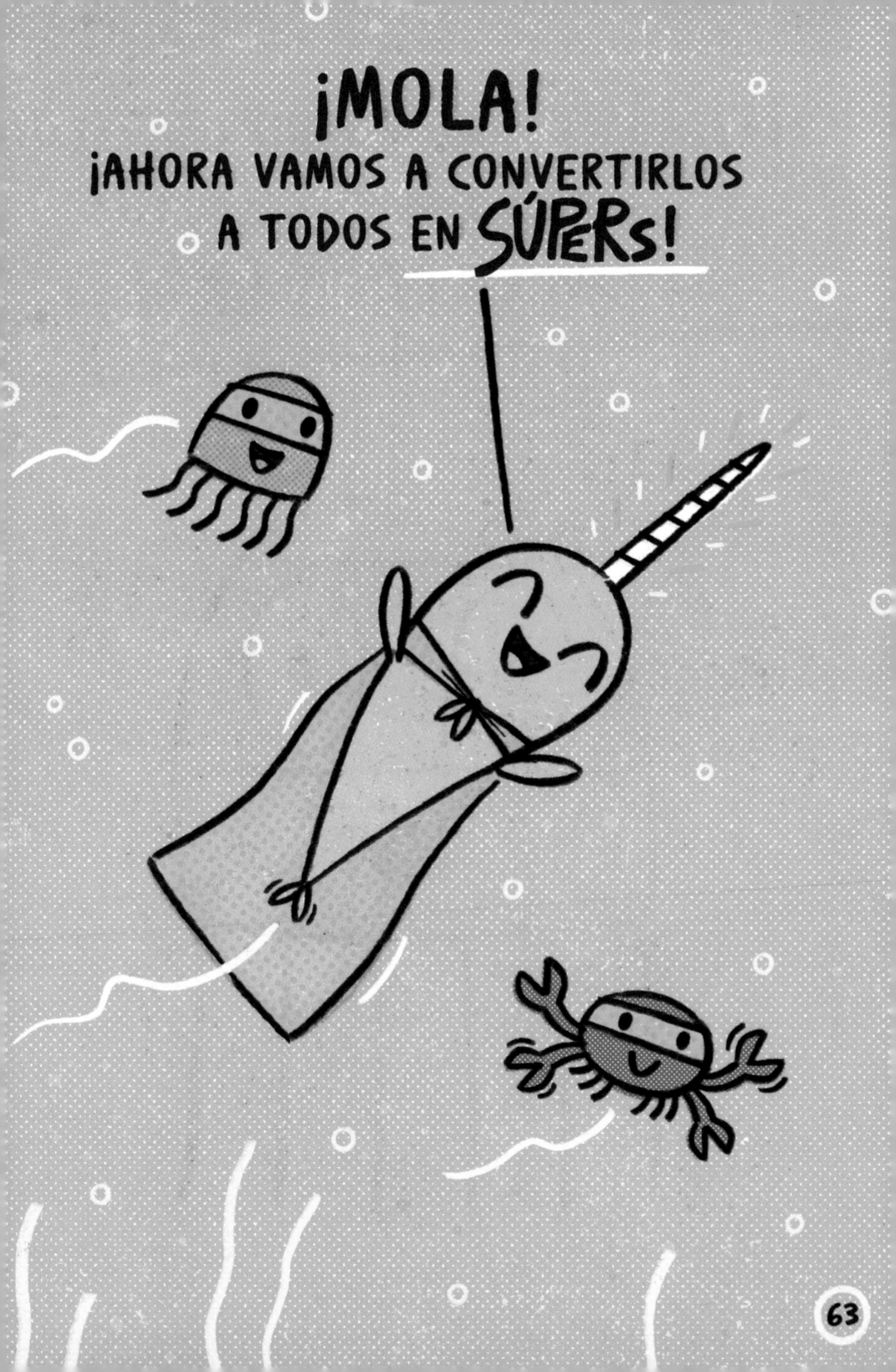
¡MOLA!
¡AHORA VAMOS A CONVERTIRLOS A TODOS EN SÚPERS!

¡SUPERPANDILLA!

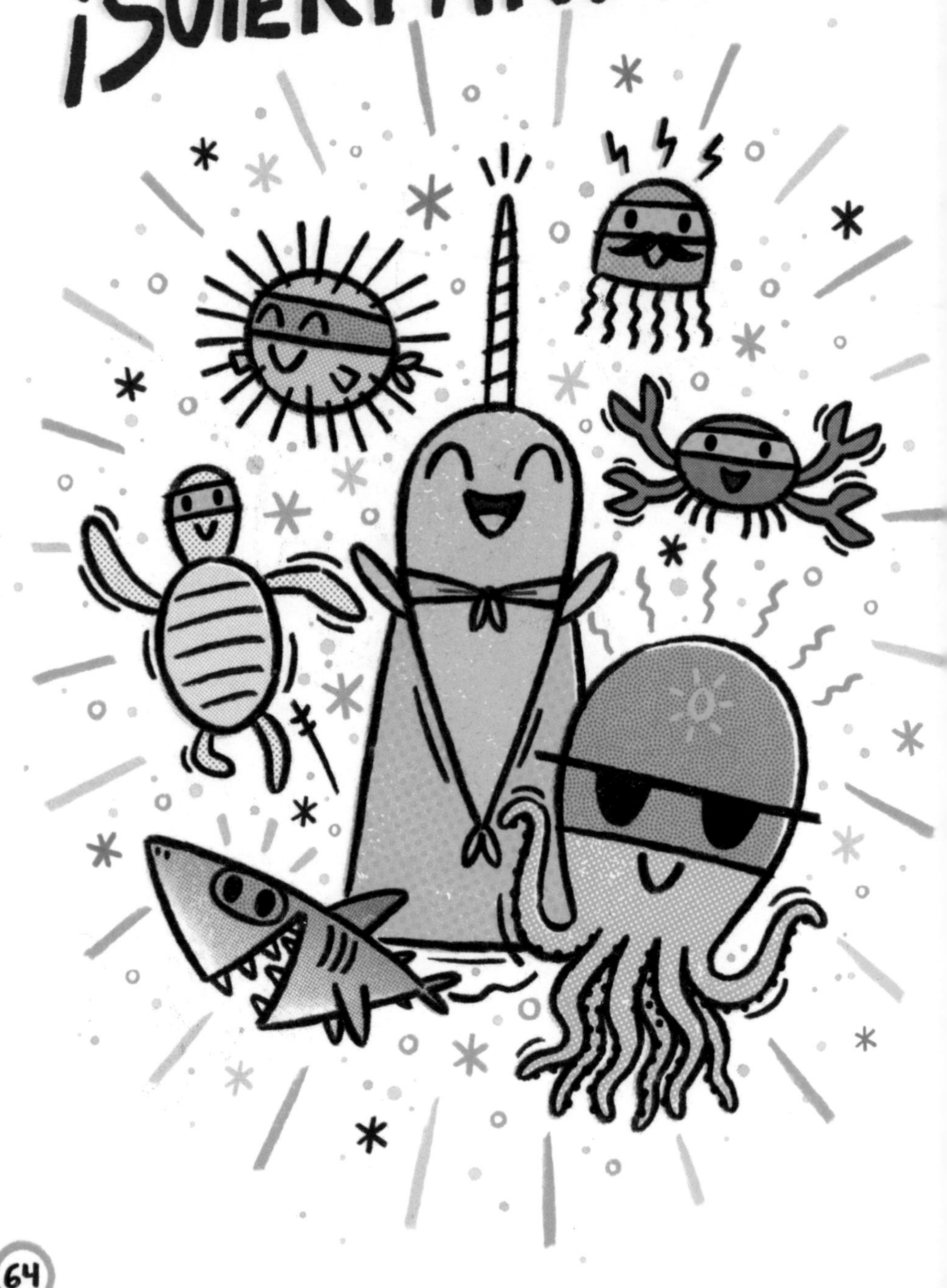

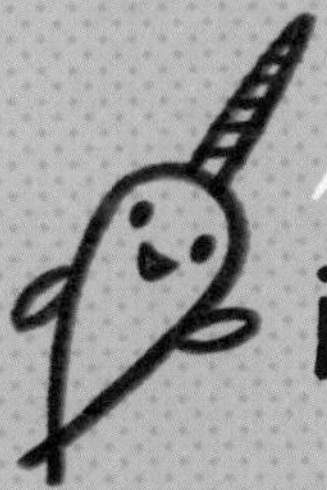

¡SIGUE LAS AVENTURAS DE NARVAL Y MEDU!

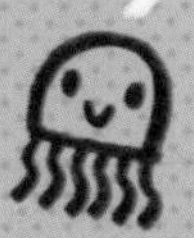

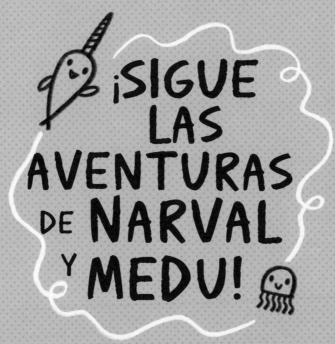

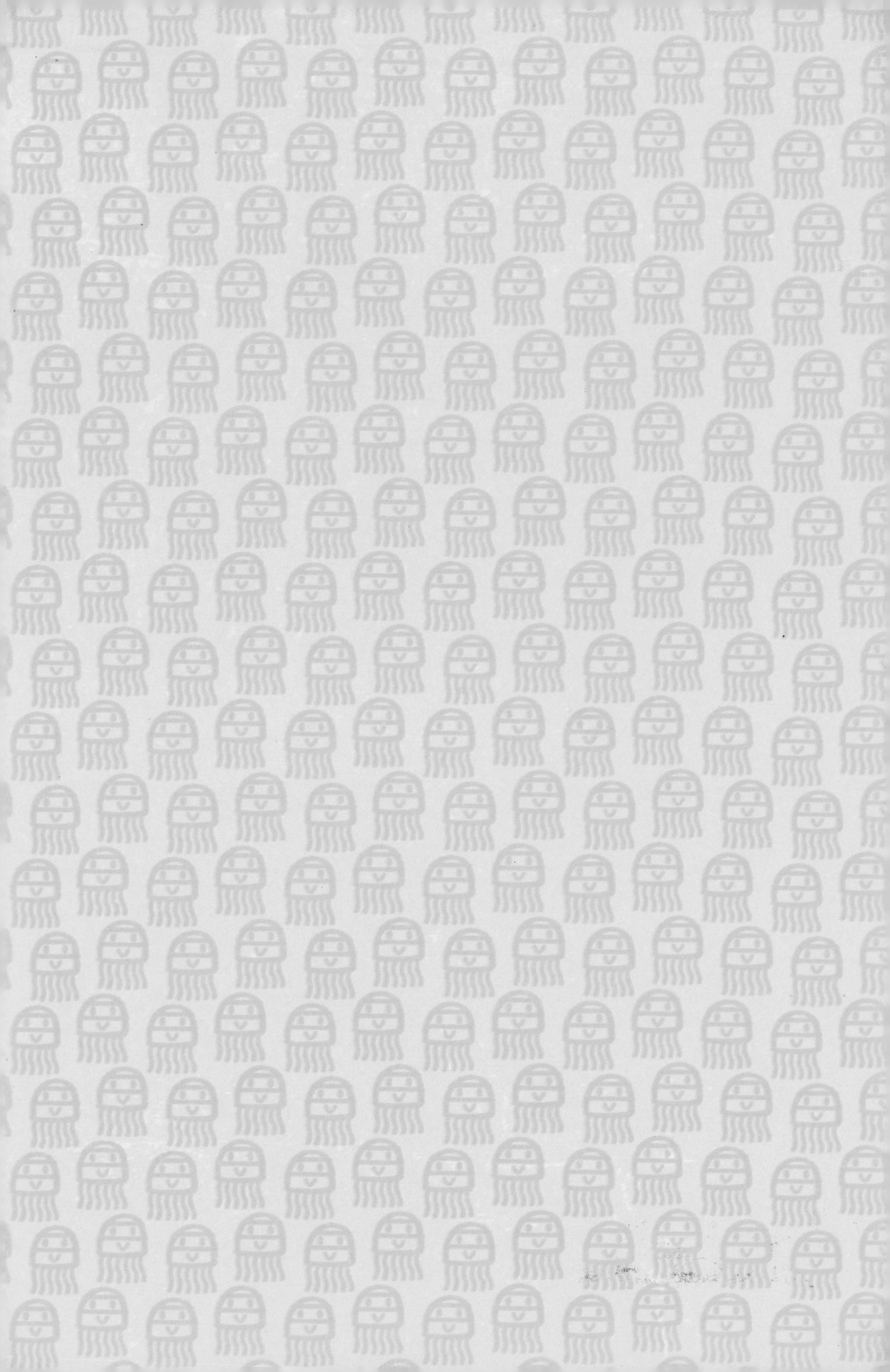

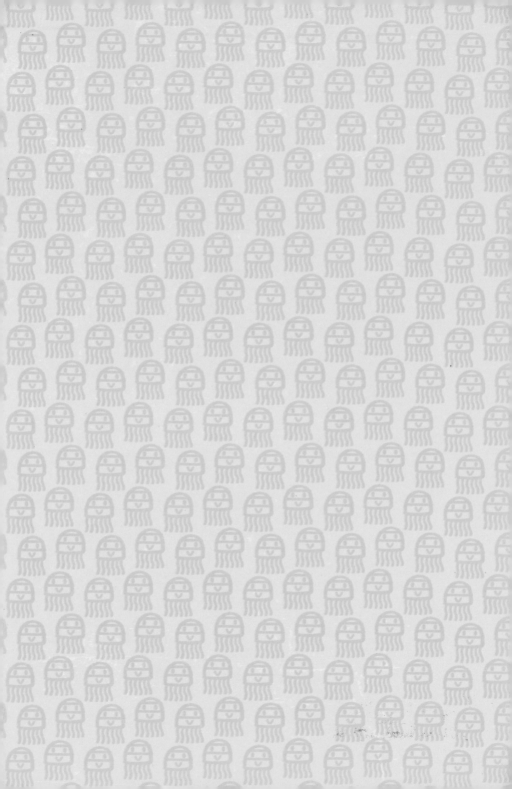